Mystery

LUNA SEA

世界血色童話

墮落沉淪的禁斷物語

櫻澤麻衣／著　千葉大學名譽教授 三浦佑之／監修

前言

隱藏在知名童話原著背後的殘酷本質

口耳相傳所留下的民間故事，似乎總是描繪了相當美好溫暖的世界。

大致上來說是如此沒錯，但人們在彼此轉述自古流傳的故事時，絕對不只限於老少咸宜的歡樂內容，故事中更不會只有溫柔親切的人物登場。

甚至可以說，有壞心貪婪的人物登場才顯得故事更為真實，聽故事的人也會覺得更緊張刺激。

畢竟比起不切實際的善良爺爺，壞心老爺爺所展現的社會現實面與人際交流，讓人感到更貼近事實。

本書收集了三十八則在西方和日本相當具代表性的殘酷民間故事與童話。其中包括我們在繪本或童話書籍裡常見的故事，在本書呈現的內容卻令人驚訝萬分，但那就是人們流傳下來的民間故事原貌。

儘管如此，也請各位不要因此認為古人就是如此殘酷。

無論時代如何變遷，人們喜歡聽殘酷故事這點向來不變，如果他們這樣就算是殘酷，那我們所處的社會又如何呢？

或許沒有任何比現代更為殘酷的年代了。

千葉大學名譽教授　三浦佑之

【目次】

第2章 罪孽深重的公主們　063

第3章

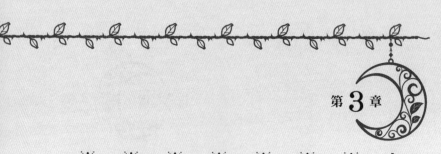

第4章

動物們的復仇故事

第5章

命運的殘酷捉弄（摘自日本民間故事）

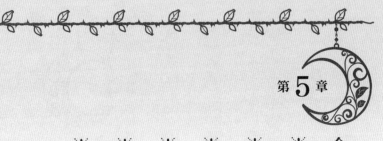

第6章

充滿慾望的人類（摘自日本民間故事）

【第1章】

戰慄的格林童話

白雪公主

三度慘遭親生母親毒手的女兒

魔鏡造成的母女情仇

某國王妃向上天許願，希望生下的孩子有著皓雪般白皙的肌膚、鮮血般紅潤的臉頰、木炭般黑亮的秀髮。不久之後，她便如願以償生下一個女孩，並為女兒取名為白雪公主。

這名王妃擁有一面神奇的魔鏡，她也總是如此質問魔鏡：

「魔鏡、魔鏡，誰是世界上最美麗的女人？」

「王妃，您就是世界上最美的女人。」魔鏡也都這麼回答。

王妃聽到這個答案，非常滿意。

時光荏苒，白雪公主慢慢也長到七歲了。

某天，王妃又問了魔鏡一樣的問題，然而魔鏡卻說：「最美的人是白雪公主。」

聽到這個答案，王妃臉色大變。

她不容許有人比她更美，就算是自己的親生女兒也不行。

「就算表現得很乖巧，但白雪公主肯定也在心裡嘲笑我比不上她的美麗。我不能眼睜睜看著她奪走國王的關愛！」

於是憤恨的王妃命令獵人去殺害白雪公主，還要獵人拿回她的肝臟證明確實殺了她。

各位讀者發現了嗎？就我們一般人所知，《白雪公主》故事中的王妃都是「後母」，然而在初版格林童話中，王妃是白雪公主的生母。說到壞人，後母就給人很強烈的反派印象，但其實格林童話的第一版裡，出現不少殘酷的親生母親。只不過幾經改版之後，將其改為後母了。想來應該是遭致許多批評，認為「想要殺死親生孩子未免太過殘忍」。

然而當時整個歐洲大陸相當貧窮，親生父母為了「減少吃飯人口」，殺害或拋棄孩子的情況真的會發生。

奪取女兒的美貌

獵人遵照命令，帶白雪公主到森林深處打算殺了她，但美麗的白雪公主哭著求獵人饒自己一命。獵人見狀心軟，要白雪公主保證不再回城堡，便放走白雪公主。之後獵人殺了一頭野豬，挖出牠的肺與肝冒充戰利品帶回城堡。

王妃看到獵人帶回來的血淋淋肝肺，自然喜不自勝，還找來廚師吩咐道：

「立刻拿去烹調，一滴血都不能少！」

廚師用鹽醃好肝肺之後端上來，王妃美麗的面容扭曲，忘我地享用眼前的食物。她用潔白的牙齒撕扯內臟，就像一口一口要吞掉對白雪公主的恨意般，一點不剩地吃光了肝與肺。

「這下白雪公主的美貌就屬於我了……」

大快朵頤完詭異的一餐之後，王妃也露出滿意的笑容。

十九世紀德國有個古老的民間信仰，即「只要吃了某人的肉，那個人的特質就會轉嫁到自己身上」。因此當時社會曾發生過「有人殺害年幼女孩並吃下她的肉」這樣的案件，因為兇手深信「只要吃下內心純淨的小女孩的肉，未來無論犯任何錯都不會被追究責任」。
王妃嫉妒白雪公主的美貌，更希望能據為己有。即使如此，殺害親生女兒並吃掉也是相當驚世駭俗……
接著再來看看，被獨自留在森林裡的白雪公主後來的遭遇。

白雪公主在森林裡徘徊時，發現了一間小房子。她走了進去，屋裡卻沒有人在。飢腸轆轆的白雪公主忍不住吃掉屋裡的麵包及葡萄酒，疲憊不堪且平靜下來之後，就在屋內睡著了。

夕陽西下，到山上採礦的屋主七矮人回來了。他們見了白雪公主相當吃驚，但因為白雪公主太美麗，便不忍心吵醒她。

隔天早上白雪公主醒來之後，便向七矮人道歉並說明原委。

矮人們相當善良，以白雪公主幫忙做家事為條件，讓她得以住下來。

另一方面，王妃認為既然已經除掉白雪公主，自己當然是全世界最美的女人。因此她又向魔鏡提出了相同的問題。沒想到魔鏡居然這麼回答她：

「王妃，您的確是城堡裡最美的女人。不過住在森林矮人家裡的白雪公主比您更美麗。」

原來，應該已經死去的白雪公主居然還活著！

「可惡的獵人，居然敢騙我。既然如此，只好我親自出馬去殺她了。」

於是王妃假扮成賣東西的老婆婆，第一次使用漂亮的髮飾緞帶，第二次用塗上毒藥的好看梳子，打算殺害白雪公主。但這兩次都幸虧有小矮人們及時察覺應對，才讓白雪公主撿回一命。

但是從魔鏡的回答得知這一切後，王妃仍不死心。

「我這次一定要殺死她。」

王妃走進地下室，用魔法製作了一顆其中一半帶有劇毒的蘋果。接著化妝成賣蘋果的老太婆，前往白雪公主的住處。為了不讓白雪公主起疑，王妃特地把蘋果切開，津津有味地吃著其中半顆。白雪公主見狀便卸下心防，一口咬下蘋果，但因為拿到的那半顆有毒，她也因此香消玉殞。

在初版格林童話中，王妃前後三度打算殺害親生女兒白雪公主。第一次是以凸顯漂亮胸形為藉口，在白雪公主胸部下方綁上繩子，再用力將她勒到窒息，也就是絞殺。第二次則是把塗了毒藥的梳子梳理白雪公主的頭髮毒殺她……

王妃踏著輕快的腳步回到城堡後，立刻來詢問魔鏡。

「魔鏡、魔鏡，誰是世界上最美麗的女人？」

「王妃，您就是世界上最美的女人。」

王妃聽到魔鏡的答案後，總算放心滿意了。

此時的森林裡，小矮人回家發現白雪公主倒地不起，雖然做了好多搶救跟治療，這次卻是藥石罔效。七個小矮人還因為白雪公主之死哭了三天。由於白雪公主看起來就像是睡著一般，小矮人們便將她裝入水晶棺裡，好能夠隨時見到她。

某天，某國王子偶然路過這座森林，見到棺材內美麗的白雪公主，深深為之著迷。

「請把這位美麗的公主交給我，我一定會好好待她。」

王子相當誠懇地向矮人們提出要求。矮人們一開始並不願意，最後還是不敵王子的誠意，將白雪公主交給他。

王子命侍從們抬走棺材，但在搬運途中，侍從被路上的樹根絆到，晃動到棺材。這時，哽在白雪公主喉嚨裡的毒蘋果順勢嘔出，白雪公主得以復活。

王子喜出望外，聽了白雪公主述說身世遭遇後，央求白雪公主成為自己的王子妃。於是白雪公主成為王子的妻子，跟隨王子回到他的城堡。

到這裡，大眾耳熟能詳的《白雪公主》便告一段落，算是有個幸福美滿的結局。然而初版故事並沒有這麼簡單善了，還進一步將交代了後續，就讓我們探索到最後吧！

被迫穿上燒熱鐵鞋的王妃

王子與白雪公主舉辦了盛大的婚宴，白雪公主的母親——王妃也同樣受邀前往。王妃得知白雪公主居然又復活，大驚失色，而且開始覺得害怕了。但她又想確認白雪公主是否真的還活著，最後還是出席了婚禮。

當王妃一走入大廳，發現眼前真的是白雪公主，這時炭火上放了一雙鐵鞋，已經燒紅冒著火焰。只見侍從用鐵鉗夾起了鐵鞋，拿到王妃面前。

王妃眼神驚恐地到處張望，最後找到依偎在王子身旁的白雪公主。

「親愛的女兒，快救救我！」

然而白雪公主只是靜靜地凝視王妃，帶著幸福的微笑，沒有任何反應。

就在王妃震驚且反應不及時，周遭的侍從制服了她，硬將她的雙腳塞進鐵鞋裡。她的雙腳在鐵板上滋滋作響，冒出了濃煙。

「啊————————！」

城堡裡迴盪著王妃刺耳的尖叫聲，震耳欲聾。

這種鐵鞋是中世紀歐洲實際存在過的拷問刑具，經常用於審判女巫之時。尤其是十六世紀末的蘇格蘭國王詹姆士六世，更是出了名的愛用這種刑具審判女巫，對於當時被視為女巫的人而言，在認罪之前就會遭受這種拷問，根本與死無異。

而且受到這種審判的「女巫」，就算實際上不會使用魔法或巫術，一旦被檢舉告發就會遭到拷問屈打成招，過程相當隨便。那個時代的女子只要具備「美麗」或「富有」等招人嫉妒的條件，往往很容易被凌遲致死，這樣的情況層出不窮。

中世紀還有許多可怕的刑罰存在，例如德國會執行「利用馬車把人拉成四塊」之刑，以及活活把人燒死的「火刑」。

千方百計想殺害白雪公主的王妃，最後得到的懲罰，就是穿上燒紅的鞋子，倒地不起且不斷蹬著雙腿至死。

而數度差點被王妃害死的白雪公主，在處決生母之後，便和王子過著永遠幸福快樂的日子。

灰姑娘（仙度瑞拉）

繼姐們的執念

後母虐待繼女

很久以前，一名貴族與妻子、女兒過著幸福的生活，某天妻子卻生病了，她把女兒仙度瑞拉叫來病榻前交代：

「妳要在我的墳前種一棵樹，當妳想要許願時，就去搖一搖那棵樹。」

貴族之妻在不久後去世，仙度瑞拉按照她的吩咐，在墳前種了一棵小樹木。這棵樹在仙度瑞拉的淚水灌溉之下，逐漸長大了。

春去秋來，貴族男子迎娶了第二任妻子。後母帶來了兩個長得漂亮但壞心眼的女兒。母女三人叫仙度瑞拉穿上又灰又破爛的衣服，要她從早到晚做一堆粗重的工作。兩位姐姐更是壞心眼地把豆子灑在煤灰中，要仙度瑞拉去挑撿出來，仙度瑞拉因此成天灰頭土臉，母女三人便管她叫灰姑娘。

「後母與繼子」是許多故事常見的設定，就連在近代的歐洲社會，也不是太稀奇的事情。因為大約每五名男子會有一人的妻子在孩子長大成人之前死去，使得男人只好再娶。根據十七世紀法國諾曼地一帶留下的統計資料來看，當時一般民眾的平均婚姻壽命只有十五年，婚姻只維持這麼短的時間，並非因為離婚，而是死亡。由於當時的人們從事重度勞力，營養不均衡且不足，醫學也不發達，所以很難一直保持健康。

某天，國王要舉辦為期三天的舞會來替王子選妃，兩位姐姐也受到招待，而且灰姑娘還必須幫兩位姐姐梳妝打扮。

兩位姐姐出門之際，照慣例又把豆子灑在煤灰裡，對灰姑娘說道：

「在我們回來之前，妳必須把這些豆子挑撿完。」

灰姑娘無奈地嘆了口氣。

「這麼多豆子，就算撿到半夜也沒辦法完成啊！」

這時竟有兩隻白鴿從窗外飛進來，開始用喙來挑豆子，這份棘手的工作轉眼間就完成了。

隔天，姐姐們要出門前又把更麻煩的挑撿豆子工作交給灰姑娘，那兩隻鴿子再度出現幫忙，沒多久工作就完成了。完成工作之後，白鴿們對灰姑娘說：

「灰姑娘，如果妳也想參加舞會，就去媽媽的墳前許願吧！妳的願望一定會實現的，不過，一定要在午夜之前回來哦！」

灰姑娘來到院子，輕輕地搖了搖小樹。

「小樹啊，我想要一件美麗的禮服。」

這時，她面前出現了一件豪華的銀色禮服與一雙銀鞋，她穿上禮服，坐上等待在大門前用黑馬拉的馬車，朝城堡而去。

王子看見這名美麗的小姐從馬車上下來，便親自出來迎接。灰姑娘在大廳燭光的照耀下，綻放出耀眼的光芒。兩位姐姐因為有人比自己美麗感到忿忿不平，卻沒發現那就是灰姑娘。王子也著迷地看著灰姑娘，片刻都不願離開她身邊。

對灰姑娘而言，這真是一段宛如作夢般的時光，但在時針指向十二點之前，她便向王子告別。王子依依不捨地目送她離開，久久無法自已。

隔天灰姑娘送走姐姐們之後，又向小樹許願。這次她穿上比昨天還要豪華的金色禮服與金鞋，搭乘白馬拉的馬車前往城堡。

城堡內的王子焦急地等待灰姑娘的到來，一見面立刻執起灰姑娘的手，帶她走向大廳，展現她明豔照人的美貌。然而這次灰姑娘實在太開心，居然疏忽了時間。結果她在跳舞的時候，聽見了鐘響。

灰姑娘想起了鴿子們的忠告，連忙飛奔下樓梯，卻在匆忙中掉了其中一隻金鞋。沒時間撿起鞋子的灰姑娘，將金鞋留在原地後繼續跑。當她跑到樓梯最下面一階時，鐘剛好敲完第十二響。只見她面前的馬車消失，身上也恢復成平常沾滿煤灰的衣服。

趕忙追著灰姑娘出來的王子，撿起了樓梯上的金鞋。原本王子為了阻止仙度瑞拉太快離開，還特地命人在樓梯塗上黏稠的焦油，沒想到他追到樓梯下時，無論仙度瑞拉還是馬車都消失不見了。他驚訝得詢問侍從們，卻沒有任何人看見佳人芳蹤。

我們所熟知的《仙度瑞拉》故事中的關鍵字「玻璃鞋」與「南瓜馬車」，在格林童話中並沒有出現。目前主要流傳的版本，其實是法國作家夏爾．佩羅（Charles Perrault）的創作。佩羅在重現收集來的民間故事時，很巧妙地將一些小道具安排在故事裡。童話《小紅帽》也是如此，一個普通小女孩從佩羅筆下開始戴起了小紅帽。至於仙度瑞拉的故事，玻璃鞋給人的印象比金鞋還要深刻，除了歸功於佩羅的創意之外，迪士尼動畫或許也佔了極大因素。

接著，我們進一步來探討鞋子。

在歐洲有一派觀點，認為鞋子象徵女性的性器官。十二世紀法國寺院的壁畫上，也可見到單足赤裸的女性浮雕，表示那是性墮落的人。若從這層意義來解釋的話，仙度瑞拉在王子的計策下掉了一隻鞋子，是否代表她與王子之間已經發生性關係呢？

自己削掉雙足的姐姐們

王子貼出公告，宣布要娶穿得下這隻金鞋的女子為妻。然而那隻鞋子的尺寸太小，找不到任何穿得下的人。

過沒多久便輪到兩位姐姐試穿鞋子。兩人都很高興自己的腳很小，有信心一定穿得下鞋子。但為了以防萬一，她們的媽媽還是交代女兒說：

「聽好，萬一鞋子太小的話，就用這把刀子把腳削小一點。」

先由大姐回到房裡穿鞋，雖然腳尖穿得進去，但腳跟太大了。她便拿起刀想把腳跟削下一些。

她不停地拿刀切腳跟，割得血肉模糊。尖銳的疼痛竄遍她全身，讓她幾乎昏厥。鮮血從她的腳跟湧出，她咬著裙擺避免哀嚎出聲。等她把腳跟削到幾乎見骨後，就把腳硬塞進金鞋裡。之後便暗自咬緊牙關，裝作若無其事的樣子，走出房門去見王子。

王子見到大姐的腳竟然穿得下鞋子，便帶著大姐搭馬車前往城堡。然而就在馬車要通過城門時，門上的鴿子唱道：

「快看、快看看新娘的腳唷，

鞋子裡都滲血了。

因為鞋子太小了啊。」

王子蹲下身看了看鞋子，只見鮮血從腳跟流出，把金鞋與禮服裙擺都染紅了。王子這才察覺自己上當，便把假新娘遣回家去。這時，母親又對二姐說道：

「妳去試穿鞋子吧！如果鞋子太小，妳就割下自己的腳尖。」

於是二姐拿著鞋子回房試穿，果不其然腳還是太大，只好割下腳尖。她將刀子抵在右腳趾根部，藉體重用力往下壓，五根腳趾就像豆子一樣應聲滾落。隨後她又用相同方式割下左腳的腳趾。割完之後，二姐趕忙穿上鞋子，儘管她額頭不斷冒著冷汗，臉色蒼白，但還是忍著痛出去見王子。

王子看到二姐的腳與鞋子吻合，便帶著她坐上馬車前往城堡。然而一到門口，門上鴿子又唱了大姐經過時的同一首歌。

王子低頭看了二姐的襪子，只見鮮血逐漸染紅白襪的上方。於是王子又把二姐送回她母親身邊，問道：

「這位小姐也不是真正的新娘。這一家已經沒有女兒了嗎？」

「有的，還有一位髒兮兮的灰姑娘，不可能穿得下那隻鞋。」

後母並不打算叫灰姑娘出來，但王子非常堅持地要求她，所以灰姑娘還是現身了。王子把金鞋交給灰姑娘說：

「妳試穿看看吧，如果妳穿得下，妳就是我的妻子了。」

灰姑娘依言脫下她骯髒的鞋子，把腳伸進金鞋裡。這時金鞋好像吸附住灰姑娘的腳一樣，變得非常貼合。當灰姑娘站起來時，王子這才發現灰姑娘就是那一位美麗動人的小姐。

「原來就是妳。」

後母與兩位高傲的姐姐見狀，震驚得臉色發白。王子不再理會三人，帶著灰姑娘上了馬車。當馬車經過城堡大門時，鴿子又開口唱歌了，這次的內容則大不相同。

「快看、快看唷，鞋子是合腳的。王子找到他真正的新娘了。」

為了成為王子妃，不惜割下自己的腳……如此驚悚的場景，至今仍會讓人留下陰影。後來佩羅改寫的故事成為主流，兩位姐姐因為鞋子尺寸不合，很乾脆地放棄飛上枝頭當鳳凰的美夢。而故事從這裡開始，兩姐妹的命運在佩羅與格林的筆下，產生了很大的分歧。就讓我們來看看故事的結尾吧！

壞心姐姐們遭受的責罰

灰姑娘與王子舉行婚禮當天，兩位姐姐也來參加，因為她們希望能分得灰姑娘的一點好運。當新娘新郎走入教堂時，大姐與二姐便一左一右緊跟在他們身旁。

但就在這時候，那兩隻鴿子忽然飛來攻擊兩位姐姐的眼睛，各啄出她們的一顆眼球。兩顆眼球順勢滾落教堂的階梯。姐姐們按著自己的眼睛，鮮血從她們指縫中流出，不停滴落地面。儘管如此她們仍不願跟丟新郎新娘，還是緊緊跟進了教堂。

典禮順利結束，眾人要離開教堂時，兩姐妹又亦步亦趨地跟著新婚夫妻。這時鴿子又來攻擊她們剩下的一隻眼睛，用喙啄走她們的眼珠。兩姐妹臉上只剩兩個空洞，鮮血不斷順著臉頰汩汩流下。兩人痛苦地掙扎著，這一生再也看不到任何東西了。

佩羅筆下的仙度瑞拉輕易地就原諒了最後來道歉的姐姐們，還讓她們嫁給身分極高的貴族。相較之下，講述同一則故事的格林版結局，就顯得非常殘酷。

第二版之後，這個結局變成「即使眼睛被挖出來，姐姐們還是想撈點好處」，這樣的姐姐雖然很嚇人，但毫無反應看著一切的灰姑娘更是令人不寒而慄。之前如此溫柔的灰姑娘，難道只是假裝順從，實際上戴著面具在等待復仇時機嗎？看著姐姐們滾落的四顆眼珠，她是否感到相當痛快呢？

最讓人在意的一點，就是從灰姑娘最後採取的態度來看，當時的時空背景似乎認為「惡人理所當然要遭到最嚴厲的懲罰」。

小紅帽

吃掉奶奶的女孩

引誘人上床的大野狼

從前從前有一個可愛的小女孩，某天媽媽這麼對她說：

「請妳將這些麵包與牛奶送去給奶奶吧！」

女孩用籃子裝好牛奶與麵包之後便出門去。走了好一會兒來到岔路前，路旁還有一匹大野狼。大野狼看到女孩，便開口向她搭話。

「妳好，妳要去哪裡呢？」

「你好，大野狼先生。我要去找我奶奶，把麵包跟牛奶拿給她。」

大野狼聞言，搶先女孩一步來到奶奶的家，捏著嗓子騙奶奶開門，門一打開，牠便撲到奶奶身上。大野狼露出森然獠牙，發黃的尖牙咬住奶奶的喉嚨，尖銳的爪子插進奶奶胸口制服了她，同時咬下了奶奶的喉嚨。

喉嚨被咬破的奶奶無法叫喊出聲，還噴出大量鮮血。她的手腳掙扎痙攣著，地板也跟著吱嘎作響，過沒多久，奶奶便一動也不動了。

大野狼剝下奶奶的衣服，從骨頭部分開始吃奶奶的手腳、肚子等，更把大塊的肉收進碗櫥裡。接著又把奶奶流出的鮮血裝在瓶子裡，並將飛濺在地板與自己臉上的血跡徹底清理乾淨。

接著，大野狼穿上了奶奶的衣服。

過了一會兒，小女孩到了。

「奶奶好，我送麵包跟牛奶來給您。」

「謝謝妳。我想妳應該累了，先吃一點碗櫥裡的肉吧！新鮮的生肉吃起來特別美味，還要喝點這些葡萄酒。」

女孩第一次吃生肉，帶血的肉吃起來非常腥，她並不喜歡。可是當她偷偷望向奶奶時，只見奶奶很專注地觀察女孩吃東西的樣子。女孩莫名覺得自己不能不吃，只好緊閉上眼睛，摒住呼吸，拼命把堅硬的肉配著葡萄酒吞下去。

當女孩吃光所有的肉時，院子裡的貓咪說話了。

「天哪！那女孩吃了自己的奶奶！」

女孩聞言，覺得自己心臟彷彿被人用力揪緊似的，可是她害怕追問下去。因此她決定假裝自己什麼都沒聽見。此時扮成奶奶的大野狼對她說：

「好的，既然妳吃飽了，就脫下衣服，跟我到床上睡一下吧！」

女孩脫下衣服之後，大野狼奶奶立刻將衣服扔進暖爐裡燒掉，接著兩人便一起鑽進被窩。女孩發現奶奶的皮膚雖然很溫暖，卻尖尖刺刺的，不由得渾身僵硬地縮起身子。

「奶奶，您的毛髮怎麼這麼厚呢？」

「這樣才溫暖啊。」

大野狼若無其事地回答。女孩從被子裡悄悄探出頭，抬眼望向奶奶。本以為奶奶已經閉著眼睛，沒想到卻跟瞪得大大的雙眼視線交會。那雙瞪著女孩的眼睛裡，還帶著噁心的黃色眼屎。女孩不敢再與牠對視，趕忙移開視線。後來又受不了沉默無聲的氣氛，再度開口。

「奶奶，您的眼睛怎麼這麼大呢？」

「這樣才能把妳看清楚啊。」

女孩垂下視線，只見面前有張流著口水的嘴巴。哎呀，奶奶真是太髒了。而且那黑漆漆的嘴巴居然還裂到耳際，甚至不斷呼出惡臭。

女孩難以忍受地別開臉，邊顫抖邊問：

「奶奶，您的嘴巴怎麼這麼大呢？」

「這樣才能把妳吃掉啊！」

聽到牠的回答，女孩只覺得渾身冰冷。

——不對！這個人不是我奶奶！——

此時，她覺得不可以讓對方知道她已經察覺，所以奮力地強裝鎮定，開口說：

「奶奶，我忽然想尿尿。我可以去外面尿嗎？」

「在床上解決就好了。」

「不，我就想在外面尿尿。」

「真拿妳沒辦法，那就快去吧！」

大野狼在女孩身上綁繩子之後才放她到外面。女孩一走到院子，便立刻解開繩索。一陣手忙腳亂後，她將繩子綁在旁邊的樹上，一溜煙地逃走了。儘管身上沒穿衣服，但也顧不了那麼多。快！快跑！快點逃走！

大野狼遲遲等不到女孩回來，試著出聲喚她，不過當然是得不到任何回應。牠走到門外，發現繩子是綁在樹上的，女孩早已逃跑。

驚覺自己上當的大野狼立刻去追，但已經追不上女孩了。

這則《小紅帽》，原本是法國民間流傳的故事，而第一個將它書寫下來的人，就是夏爾．佩羅。佩羅也刪掉了女孩吃下奶奶的肉的部分。但是佩羅所寫的《小紅帽》結局，奶奶跟小紅帽都被大野狼吃掉，沒有任何人獲得救贖。

一直到德國的格林兄弟筆下，結尾才有獵人登場拯救兩人，並在大野狼的肚子裡塞滿石頭殺了牠，讓牠自食惡果。

《小紅帽》說的是一個逐步走進壞人所設陷阱的故事。曾有一段時期，日本改編了格林童話的結局，變成「大野狼最後認錯反省，兩人也原諒了牠，大家和樂融融」，不過現在已經改回來，以格林童話的版本為主流。

無手的少女

砍斷雙手透露近親亂倫的跡象

被父親出賣的女兒

很久很久以前，某個地方有個貧窮的磨坊工人，無論他多努力工作，生活也還是非常清苦。某天，他忍不住低聲說：

「啊，真想成為大富翁。如果現在有人能立刻讓我成為富翁，我願意付出任何代價。」

惡魔聽見了他的願望後，變成老人出現在磨坊工面前，告訴他：

「我可以實現你的願望。不過你回家時，放在水車小屋後方的東西，我三年後會來拿走，你願意嗎？」

磨坊工回想一下自己家水車小屋後的畫面，只記得那裡是一片雜草叢生的草地，還有一棵結出寒酸果實的蘋果樹而已。那些東西送人也沒什麼大不了，自己簡直是賺到了，於是意氣風發地回到家中。

磨坊工一回到家，只見房子跟水車都變得又大又氣派，他還以為自己走錯地方，簡直不敢相信眼前所見。

當他透過裝著蕾絲窗簾的窗戶望進去，見到的是他熟悉的妻子，他才放心地開門進屋。

「老公，不知道為什麼，我們房子忽然變得很豪華啊。」

妻子迎上前來告訴他。磨坊工雖然還是相當震驚，依然回答了妻子。

「老婆，這是森林裡的老爺爺送的禮物。」

磨坊工把剛才發生的事一五一十地告訴妻子，本以為妻子會為此高興，沒想到她卻臉色大變。

妻子臉色慘白地望著磨坊工，渾身顫抖。

「我的天啊，真不敢相信，他要的是我們可愛的女兒啊。竟想奪走這麼重要的人，那個老人肯定是惡魔！」

因為這個時候，磨坊工的女兒正坐在水車小屋後方的蘋果樹下。這個女孩非常美麗，而且信仰虔誠，是貧窮磨坊工夫妻非常寶貝的掌上明珠。

磨坊工與他的妻子從那天開始雖然有了財富，卻過得並不幸福。只要有一點風吹草動，看見鳥兒飛過天空落下的陰影，就非常害怕。晚上難以入眠的兩人變得相當憔悴，連眼窩都凹陷了。經過三年痛苦的日子之後，與惡魔約定的日子即將到來。

這一天，父親喚來女兒，告訴她與惡魔所立下的約定。信仰虔誠的女兒用白石膏粉在地上畫圈，走了進去。等惡魔來的時候，完全無法碰她一根寒毛。

於是惡魔叫來了磨坊工說道：

「不要讓你女兒用水。只要她無法洗淨身體，我就可以碰她了。」

因為磨坊工害怕惡魔，便照著他的吩咐做。他整整哭了一晚，難過女兒這下真的要被帶走了。但他的眼淚洗淨了女兒的身體，因此惡魔仍舊無法動手。惡魔鮮紅色的雙眼怒瞪著磨坊工，告訴他：

「把你女兒的雙手砍下來，不然你就代替她跟我走！」

磨坊工其實一開始並不願意，但眼前現出原形的惡魔使他恐懼不已，終究還是答應了。

磨坊工心痛不已地叫來女兒，神情哀傷地告訴她與惡魔立下的約定。

「爸爸，請別為我擔憂，就做您想做的事吧！」

「我會一口氣砍下來，至少讓妳不要痛太久。」

父親把女兒的雙手放在桌上，舉起斧頭重重劈下。閃爍著森冷光芒的刀刃通過少女的鼻尖，伴隨著巨大聲響嵌進桌子裡，同時也將兩手從雙臂上砍斷。被砍下的雙手以驚人之勢撞上房間牆壁後，掉在地上。鮮血從切口流出，女孩則因為過度的疼痛與恐懼，趴在桌上昏厥過去。

女孩失去雙手之後，也整晚哭泣直到天明。當眼淚流到手臂上的傷口時，淚水便洗淨了傷口與身體。惡魔終究還是無法碰到少女，只好悻然離去。

「女兒啊，這麼一來我們終於可以幸福地生活了。」

可是女孩卻回道：

「不，父親，我必須離開家了。只要有人願意憐憫沒有手的我，我想我應該就能活下去。」女孩說完後，無論父母如何哭泣挽留也沒有改變心意，把砍下的雙手綁在背上後，踏上旅程。

為什麼女孩會堅持要離家呢？這一段發展，似乎透露出近親亂倫的跡象，而事實上的確有設定類似的故事。故事中並非惡魔要父親交出女兒，而是因為父親強迫女兒發生性關係，遭到女兒反抗之後，盛怒的父親割下了女兒的雙手與乳房。這麼看來，女兒想離家的理由就很清楚了。

像這種近親亂倫的例子，在口耳相傳的民間故事中很常見。然而天主教社會中，近親亂倫是相當嚴重的禁忌，即使是故事也不可以宣之於口。因此格林兄弟崛起後，便掩蓋隱瞞了這個原始設定。

惡魔設下的陷阱

女兒離開家之後，來到一處種了蘋果樹的庭院，樹上結了許多漂亮的果實。她用身體抵著樹用力搖晃，把蘋果抖落地面，接著趴在地上享用蘋果。幾天後，她就不會又餓又渴了。但是有一天，女孩被庭院的看守人抓住，因為這裡是國王的庭院。女孩被控偷竊罪，被押到國王面前。國王便命人把這個小偷逐出國境。

坐在一旁的王子聞言後開口：

「何必把她驅逐出境呢？讓她負責在庭院裡養雞就好了。」

女孩美麗的樣貌、失去雙手楚楚可憐的模樣，都深深吸引著王子。既然王子都親自開口了，國王便讓女孩去幫忙養雞。女孩也很努力地工作。王子總是遠遠望著女孩工作的樣子，越來越喜歡她。

當王子到了必須娶妻的時候，就表示非養雞的女孩不娶。國王吃驚得要他重新考慮，但王子堅決不肯妥協，最後國王只好同意他的要求。

這對新婚夫妻過了一段非常幸福的生活，但好景不常，國家與鄰國發生戰爭，王子必須上前線指揮作戰。這時女孩的肚子裡已經有了小寶寶。王子去前線沒多久，女孩就生下一個長得好像王子的可愛男嬰。城堡裡也立即派使者去通知王子。

這時最高興的莫過於之前吃足苦頭的惡魔。因為他無法對女孩下手，只好一直遠遠地觀察女孩，尋找謀害她的機會。惡魔提早抵達使者會經過的森林小徑裡，等使者來到泉水旁下馬喝水時，惡魔就趁機將使者帶的信函掉包。

使者原本攜帶的信裡寫的是「王妃生下健康可愛的男孩」。但惡魔掉包的信裡則寫了「王妃生下一個妖怪」。

沒察覺任何異狀的使者，很慎重地帶著假信，再度策馬前往戰場去晉見王子。王子讀了信之後相當吃驚。

「無論那孩子是什麼模樣，都是我們愛的結晶。在我回去之前，請珍視扶養他。」

王子在回信中這樣寫著。但當使者回程時，惡魔再度將信件掉包。

信件的內容變成這樣：

「那個沒有雙手的女人居然生出妖怪，我再也不想看到她了。立刻把那對母子趕出去。」

城堡裡的侍從看完信後，馬上把女孩趕出城。

奇蹟長回來的手臂

年輕的媽媽請人把嬰兒綁在自己背上之後，離開城堡進入森林，漫無目的地走著。森林裡有位親切的老人，幫助這位沒有手的母親餵孩子喝奶。當孩子沉沉睡去後，老人開口：

「拿著妳的手繞那棵粗壯的樹木三圈。」

女孩按照他的吩咐去做，她身上原本如同樹瘤一般僅剩的小小圓圓的手臂根部，居然長出了一雙新手臂。沒有理會女孩吃驚的樣子，老人繼續說道：

「妳就住那間房子吧！但妳不能到屋外來，也不可以讓外面的人進屋。唯一可以獲准進入的，就是重複許下三次願望的人。」

從此，母子兩人便在森林裡過著平靜的生活。

另一方面，王子打勝仗凱旋歸來，滿心盼望與妻子相見，卻遍尋不著妻子與小孩的身影。當他質問侍從時，侍從回稟已經遵照王子命令，把她們趕出城堡了。王子發現這是極大的誤會，為此感到相當絕望，沒有王子妃，他自己是活不下去的。於是王子帶了心腹屬下，踏上旅途去尋找王子妃與孩子。

在尋找王子妃的途中，王子在王子妃居住的森林裡迷了路。這時，他發現住在森林小屋裡的女子與妻子十分相似，但女子的雙手完好，想來應該不是他的王子妃。但當女子回過頭時，他確信那一定是他妻子。

王子妃在屋內窺探窗外時，也看見了王子，兩人一裡一外地趕到小屋的門旁。

「請打開這扇門。」

王子哽咽沙啞地開口央求，妻子同樣噙著淚水回答他。

「求求你，把剛剛所說的話再說兩遍。」

王子當然欣然照辦。當他說完，門應聲而開，妻子張開雙臂迎向王子。而在妻子身後，一名與王子長相神似的男孩也跑了出來。

兩人久別重逢喜不自勝，這次，他們總算能夠牽手同行。

這一類的故事，在全世界到處都找得到。即便宗教不同，但在用來勸人虔誠堅定信仰上，確實是極佳的題材。故事後半登場的森林裡的老人，儘管沒有描述得很詳細，但應該是神明一般的存在。

另外，無論時代或國籍如何不同，「為母則強」這一點都是共通的，能夠引起讀者廣大的共鳴。

在類似的日本民間故事中，這個惡魔角色變成後母。內容大概是受到後母的挑撥，父親把女兒騙上山之後打算殺死她，但沒有成功。最後長出手臂的橋段，則是因為背上的寶寶差點掉入河裡，母親拼了命地祈禱並伸出手，手臂這時就長出來及時抱住寶寶。

糖果屋

兄妹冒險故事的真相

生母拋棄子女

在一座巨大的森林旁，有間寒酸木屋裡住著一家人。這家裡的孩子是一對兄妹，名字分別是漢斯與葛蕾特。全家人每天都過著有一餐沒一餐的日子，非常清苦。

某天，兩個孩子因為肚子太餓，翻來覆去就是睡不著。這時父母親悄然說話的聲音隱約傳來，孩子們仔細聆聽，沒想到竟是媽媽要爸爸把孩子們帶到森林，任他們自生自滅。

漢斯聽完之後，悄悄跑到外面去，撿了許多白色小石頭塞滿上衣口袋，再若無其事地溜回家。

隔天一早，一家四口便出發前往森林。平常總是沒耐心又壞脾氣的媽媽，今天對孩子們非常溫柔，讓漢斯甚至以為昨晚聽到的話是自己在作夢。但為了預防萬一，他還是偶爾會停下腳步，取出口袋裡的小石頭丟在路上。

一行人來到森林深處之後，媽媽分給兩兄妹各一片麵包，對他們說：

「爸爸媽媽要去森林裡砍柴，你們乖乖在這裡等哦！」

漢斯心下疑惑，今天吃整整一片麵包真的好嗎？

兩兄妹坐在篝火旁等爸爸媽媽，等待了很長一段時間。然而黃昏時分，週遭天色越來越暗，還是不見父母回來的身影。

在一片漆黑的森林裡，遠遠傳來野獸的吼聲，兩兄妹越來越害怕，懷疑自己是不是真的被拋棄了。這時月亮升起，漢斯沿路丟棄的小石頭在月光下閃閃發光。兩兄妹沿著那些小石頭而行，總算回到家中。媽媽看見兩人回到家，臉上閃過又驚又怒的表情，但也沒特別說什麼。

過了一陣子之後的某天夜裡，孩子們又睡不著，也再度聽到爸爸和媽媽在說話。這次他們說話的聲音太小，孩子們聽不清楚內容。漢斯很擔心父母是不是又要拋棄他們，因此趕忙起身打算出門去撿石頭。然而這次媽媽把家裡的門都上鎖，漢斯一步也離不開家門。

隔天一早，兩兄妹又各自得到一片麵包。媽媽比上次表現得更溫柔，也讓漢斯更感到不安。漢斯把口袋裡的麵包捏碎，沿途幾次停下腳步，趁機把麵包屑扔在地上。

可是森林裡的烏鴉們卻把路上的麵包屑都吃光，兩兄妹也因此在巨大的森林裡迷了路。

在目前格林童話版本中，拋棄孩子的人是後母，但在初版中卻是親生媽媽，直到第四版才改成後母。中世紀歐洲社會，親生父母拋棄孩子的事很常見。由於天主教禁止教徒懷孕之後墮胎，所以可能有不少人認為既然沒辦法墮胎，那就只好生下來然後拋棄孩子。

發現糖果屋的兩兄妹

年幼的兩兄妹在森林裡迷路了三天，肚子已經空空如也，卻還是走不出森林。這時，重重樹木之間，居然出現了一間小小的房子。這間房子的牆壁是由麵包做成，屋頂是蛋糕、窗戶則是白色砂糖做成。

「我們多吃一點吧！」

兄妹倆忘我地吃著糖果屋的牆壁及窗戶，這時卻聽見屋內傳來說話的聲音。

「咔咔咔、咔咔咔，是誰在吃我的房子啊？」

兩人大吃一驚，只見一個身形矮小、彎腰駝背且滿臉皺紋的老婆婆，打開門走了出來。老婆婆開口說道：

「唷，真是可愛的小朋友，你們是從哪裡來的？快進來吧，我請你們吃東西。」

兩人聽話地進了屋子，屋子裡有鬆餅、蘋果跟胡桃等許多食物，看起來都非常美味。吃飽喝足之後，老婆婆讓兩人到軟綿綿的床上睡覺。當漢斯與葛蕾特一沾到床，馬上就沉沉睡去。

然而，這個老婆婆其實是一名壞女巫，她在森林裡等待小孩子出現，利用糖果屋這個陷阱誘抓他們。女巫非常喜歡小孩，她抓到在森林裡迷路的小孩之後，會把他們殺掉煮來吃，因為脂肪比例剛好的軟嫩小孩肉最好吃了。這次她碰見了漢斯與葛蕾特，也打算吃掉他們。

一大早，女巫抱起還在睡覺的漢斯塞進小籠子裡，接著叫醒了葛蕾特。

「懶惰鬼，快起床！現在立刻去廚房做些營養充足的好菜，全部拿來餵你哥哥吃。等養得白白胖胖，我就可以吃掉他了。」

女巫把葛蕾特當成自己的僕人般使喚。葛蕾特得知哥哥被關起來，驚嚇之餘不停哭泣，也沒辦法違抗女巫強硬的命令。

為了養胖漢斯，女巫每天都餵他吃非常豪華的餐點，但葛蕾特卻只有螯蝦殼能吃。

女巫每天都會回到小屋，為了確認漢斯是不是胖到可以享用，她都會摸看看漢斯的手指頭測量一下。漢斯每次都會伸出他吃剩的雞骨頭讓她摸，女巫的視力並不好，還以為漢斯怎麼養都骨瘦如柴。

一段時日之後的某個晚上，女巫終於失去了耐心，對葛蕾特下了命令：

「夠了！就算他還是那麼瘦也無所謂，明天我就要吃掉你的哥哥。這樣吧，就用燉的，肉可以煮軟一點。妳去汲水來，把水煮滾了。我來準備烤麵包。」

隔天，葛蕾特邊哭邊在裝了水的大鍋子下生火。這時女巫又大聲地叫喚葛蕾特。

「妳去看看灶裡面，看我的麵包有沒有烤焦了？如果妳看不到，我就把妳塞進去，讓妳在裡面確認清楚。」

女巫是打算連葛蕾特都一起吃掉的，畢竟現在灶裡的火候燒得正旺。

於是葛蕾特開口說：

「我實在不知道該怎麼做，老婆婆，您可以示範給我看嗎？」

女巫聞言，把身體稍微探進灶口示範給她看。就在這時，葛蕾特迅速地用力撞向女巫背後把她推了進去，趕忙蓋上灶門，再把灶門上的鐵拴拴上。

「啊——！」

女巫痛苦的哀嚎聲與其說是人的聲音，更像是野獸所發出來的，而且持續了很長一段時間。當這令人毛骨悚然的聲音逐漸微弱消失後，四周也瀰漫著焚燒女巫身體產生的噁心臭味。

葛蕾特打開關著漢斯的小籠子，兩人歡喜地擁抱彼此，慶幸總算從和女巫朝夕相處的恐懼中解脫了。接著兩人拿了許多放在女巫房子裡的寶石與珍珠塞進口袋，便離開了這間屋子。

兄妹倆繼續走在森林裡，幸運的是他們找到了回家的路。回到家後，爸爸看見他們平安無事感到非常高興。另一方面，媽媽則早就已經病死了。

那個時代，「女巫」遭受迫害是理所當然的事。當時的女巫可以隨意殺害，奪取女巫的財產也無罪，這樣的觀念其實相當普遍。

漢斯與葛蕾特克服了重重危機，最後平安無事地回家了。可是兩兄妹所殺的人，真的是女巫嗎？如果他們是因為過於貧窮飢餓，所以去攻擊並殺死了森林裡獨居的老婦，還盜走她的財產呢？會不會是為了掩飾自己所犯下的罪行，才編出這一套謊言呢？若從這個角度切入，那麼這篇故事似乎更耐人尋味了。

藍鬍子

在妻子的計策下化身殺人魔

不能開的房間

從前從前，有個爸爸帶著三個兒子與一個女兒住在森林裡。女兒長得非常美麗，是爸爸與哥哥們的驕傲。

一天，某國國王搭乘一輛豪華馬車路過這座森林。國王從馬車裡看見女孩後，便向她的老父親提出想娶她的要求，父親欣然同意，但女兒卻是百般的不情願。因為這個國王長著一臉藍鬍子，將他的白皮膚襯托得更慘白，看上去隱隱透著陰沉的氣息。但是爸爸卻極力勸她，女孩終究也只能答應。

「三位哥哥，如果聽見我呼喚你們，請一定要立刻趕來我身邊。」

臨行前，女孩如此拜託哥哥。在獲得他們的強力保證之後，女孩便默默地跟著藍鬍子國王回到他的城堡了。

女孩成為藍鬍子的妻子，在這座城堡住下來。藍鬍子毫不吝嗇地提供她山珍海味，以及任何她想要的禮服和珠寶。女孩雖然過著豪奢夢幻的生活，卻無論如何都無法喜歡藍鬍子。因為她只要看見藍鬍子就會湧起一股厭惡感，彷彿全身爬滿了蟲子似的不自在。但由於藍鬍子讓女孩生活無虞，女孩只好在表面上順從他，與他維持優雅的互動，事實上女孩總是過得戰戰兢兢，會盡可能避開他，避免與他獨處。

某天，藍鬍子要帶著侍從出門旅行。臨行前一天，藍鬍子找來女孩，將嘴唇湊近女孩的耳朵，對她說了些悄悄話。藍色的鬍子擦過女孩的耳際，讓她渾身泛起雞皮疙瘩。

「我可愛的妻子啊，在我出門的這段日子裡，這座城堡裡每個房間妳都可以自由進出，但是只有最深處必須用這把金鑰匙打開的房間，妳絕對不能進去。如果妳打開了那個房間，就會被我處死。」

藍鬍子說完，把一整串所有房間的鑰匙交給她，然後就出門了。女孩獨處時，感覺到了久違的自由自在。

「只要他不在，我就幸福無比了啊。」

她喃喃地說著，開始拿著那串鑰匙，一間接著一間打開每個房間遊玩。每個房間都非常豪華氣派，也放了很多稀有物品，到最後，除了那間不准打開的房間之外，她便逛完所有的房間了。女孩開始覺得非常無聊。

這麼一來，被禁止進入的房間，更讓她無論如何都想一探究竟。

「只有那間房間要用金鑰匙打開，到底是放了多麼棒的寶貝呢？反正我偷偷看一下再把門鎖上，不要說出去就好了。」

女孩想好之後，就來到走廊盡頭最後一間房間前面，將鑰匙插進生鏽的鑰匙孔中。「喀喳」一聲，鈍重聲音響起，鎖開了。女孩輕輕地推開那扇門……

深沉陰暗的入口開啟，女孩惶恐地踏入一步，隨之聽見「啪嗒」——是踩到水窪的聲音，一陣難聞的腥味也撲鼻而來。等她的雙眼逐漸適應黑暗之後，隱約看見房間牆壁上掛有許多裝飾物。女孩心跳加速，輕輕伸出手去碰觸了一下。

「呀啊——！」

女孩驚聲尖叫，往後退了好幾步。

想不到掛在牆壁上的竟是女人屍體。有的已經剩下骨頭，有的乾癟得成為木乃伊，有的發紫的皮膚上還帶著無數鮮明的傷痕，甚至有的被開膛剖腹，內臟都溢出了……其中還有仍不斷滴著鮮血的屍體。而這些屍體的擺放方式，看起來就好像一致面向女孩這裡。原來，藍鬍子國王是個殺人魔。

女孩感到天旋地轉，腳步不穩地靠著門板。這時用來充當門把的金鑰匙不小心掉落在地上的血灘裡。女孩幾度猶豫之下，還是顫抖著手撿起血灘裡的金鑰匙。

女孩站起身，慌張地關上門後鎖好，飛奔回到自己的寢室。等她回過神來，發現手與鑰匙都被鮮血染紅了。女孩拿出絲綢手帕擦掉手上的血，讓雙手恢復原本的白皙。接著又用力擦拭鑰匙。可是，血彷彿已經附著在上面，怎麼也擦不掉。

女孩把鑰匙放進庭院的乾草堆裡，她認為只要這麼做，過了一個晚上乾草就會把血吸收乾淨。

一般認為這位藍鬍子的原型是實際存在過的人物，那就是十五世紀在法國與聖女貞德並肩作戰，英法百年戰爭的英雄「吉爾・德・萊斯男爵（Gilles de Rais）」。貞德死後，他的生活極度墮落，最後連城堡都被沒收，更駭人的是他的城堡裡找到無數兒童的骨骸及屍體。在那之前，他的城堡周圍就經常有小孩失蹤的事件發生。不過也有一種說法認為這是政府想要陷害他而設下的圈套，究竟事實真相如何，至今也未能明朗。

被判了死刑的女孩

隔天，藍鬍子回來，要求女孩把整串鑰匙還給他。女孩依言歸還，但藍鬍子一檢查，卻發現少了一把金鑰匙。

「金鑰匙在哪裡？」

藍鬍子眼神凌厲地瞪著女孩。

「啊，金鑰匙肯定掉到草堆裡了。應該是我想在陽光下欣賞它的光芒時不小心掉了。我明天就去把它找回來。」

可是，藍鬍子卻用冷靜詭異的聲音開口：

「妳看過那個房間了吧？」

女孩拼了命地找藉口想瞞下去。

「如果妳真的沒看過那個房間，那就現在去把鑰匙找回來給我。」

在藍鬍子冷酷的命令下，女孩臉色蒼白地從乾草堆之中拿出鑰匙，顫抖著手把鑰匙交還給藍鬍子。鑰匙上仍然沾著血跡。

藍鬍子笑著冷哼一聲，忽然抓住女孩的脖子，惡狠狠地說：

「妳打破對我的承諾，偷看了那個房間。今天晚上就輪到妳死了。」

藍鬍子拿出一把巨大的劍，想必那把劍已經吸收許多掛在牆上的女人們的血了。女孩害怕得幾乎要暈死過去，卻還是用盡渾身力氣哀求藍鬍子。

「既然如此，請實現我最後一個願望好嗎？我想在死前做最後的禱告。」

「好吧，就給妳一點時間。我也好把劍磨得鋒利些。不過當我叫妳時，妳必須立刻下來受死。」

女孩慌忙爬上樓梯，從塔頂的窗戶探出身子，大聲呼喊兄長們的姓名。在森林裡的哥哥們正圍著餐桌要吃晚餐，忽然好像聽見妹妹的叫喚聲。三人居然會同時有一樣的感覺，這讓他們有種不祥預感，立刻騎上馬，朝藍鬍子的城堡飛奔而去。

塔上的女孩聽見藍鬍子在樓下呼喚她。女孩跪在地上，緊閉雙眼拼命祈禱。藍鬍子的呼喊聲從下方傳來，不絕於耳。最後藍鬍子終於失去耐性，女孩聽見他一步步拾級而上的聲音。

叩、叩、叩。

四周沒有任何其他聲響，堅硬、冰冷的石砌城堡中，只迴盪著藍鬍子令人寒毛直豎的腳步聲。最後，塔門被用力打開，雙眼布滿血絲的藍鬍子拿劍站在那裡。在月光的映照下，他臉上的藍色鬍子看起來更是驚悚。藍鬍子揪住女孩的頭髮，讓她的脖子順勢往後仰，揮劍就要砍下。

三個哥哥在千鈞一髮之際衝進了房裡。大哥拿短劍刺進藍鬍子的背後，當藍鬍子震驚地回頭時，二哥進一步用力把短劍深深推進藍鬍子的胸口。藍鬍子不支跪地，三哥便把短劍高高舉起後一口氣朝他的頭刺下。

鮮血從藍鬍子嘴裡流出，最後倒地而死。

三個哥哥與女孩緊緊擁抱，在女孩的建議之下，他們把藍鬍子的屍體放進那間「不能打開的房間」，掛在那群女人之間，四人離開房間後也確實地鎖上了房門。

兄妹四人後來繼承藍鬍子所有的財產，在城堡裡過著富裕的生活。

這則故事敘述了相當可怕的藍鬍子，但我們不妨從另一個角度來看看。女孩一開始雖然不想跟藍鬍子結婚，但最後還是嫁過去，並對奢華的生活感到很滿意。她唯一不滿的就只有藍鬍子本身，而且嫌棄的還是他的外貌。換句話說，她被藍鬍子的地位及財產深深吸引，才會嫁給自己討厭的男人。當上妻子之後，可以名正言順繼承丈夫死後的財產。如果藍鬍子是在妻子的心機算計之下，一步步計畫性地把他變成殺人魔，再讓哥哥們來殺死他。

那麼這個女孩就比想像中還強悍呢。

孩子們的屠宰遊戲

孩子是無罪的嗎？

《格林童話》的原始版本相當殘酷，有幾則更是特別極端且詭異，完全難以理解當時說故事的人想表達什麼，在此為讀者們介紹其中一則。

（其一）

很久很久以前，某個鎮上有幾個小朋友在玩耍，他們一起玩著名為「屠宰」的遊戲，其中一個男孩扮演屠夫，另一個扮演廚師，還有一個則扮演豬仔。

扮屠夫的孩子把扮豬的孩子推倒在地，然後用刀子切開他的喉嚨。一瞬間，傷口就皮開肉綻，而且還噴出大量鮮血。扮廚師的孩子趕忙用容器盛住新鮮溫暖的血液。扮豬的男孩已經翻了白眼，只剩小指不斷抽搐……

正好路過的市議員目擊了這一幕光景，感到相當震驚，於是帶著扮屠夫的孩子去找市長。很快地其他市議員也被邀請到場，為此召開會議。眾人進行一番討論，卻因為孩子是天真無邪的，所以不知道該怎麼審判才恰當。

這時一名長者開口道：

「拿蘋果與金幣讓他選擇吧！如果他選蘋果就無罪，如果選金幣，就處死他。」

於是他們立刻照辦，只見男孩笑瞇瞇地選擇蘋果。眾人鬆了一口氣，判男孩無罪開釋。

（其二）

某天，一對年幼的兄弟看見爸爸在殺豬，於是學著玩起了屠宰遊戲。哥哥扮演屠夫，弟弟扮演豬仔，哥哥用刀子割開了弟弟的喉嚨。

在二樓幫么兒洗澡的媽媽被孩子的慘叫聲嚇到，趕忙下樓來到院子。只見脖子上插著刀的弟弟倒在一片血泊之中，已經氣絕身亡。他脖子上的血仍不斷流出，血泊越來越大片。媽媽見狀怒不可遏，拔出刀子刺進哥哥的心臟。

接著媽媽連忙又回到二樓找小兒子，但他因為母親的疏忽，已經溺死在澡盆裡了。媽媽為此感到無比絕望，隨即上吊自殺。耕田完回到家的爸爸見狀悲痛至極，也跟著一命嗚呼。

上述故事在格林童話初版中，是此標題故事下的Ⅰ、Ⅱ兩則，由於後來遭到極嚴厲的抨擊，因此第二版便刪除了。不過，童話故事本來就是口耳相傳的娛樂。這則故事也沒有任何內涵或寓意，或者更可以說，作者是為了恐怖及有趣等娛樂效果才收錄進書中的吧？

【第2章】罪孽深重的公主們

睡美人

睡醒的公主所面臨的新恐懼（摘自佩羅童話）

沒受到招待的仙子報復

從前有一對國王與王妃，將他們的國家治理得很好。但兩人一直沒有孩子，所以很虔誠地祈禱，希望上天賜給他們小孩。

過了一陣子，王妃終於生下一名可愛的女嬰。國王非常高興，決定舉辦盛大的慶祝宴會，並且邀請國內的七位仙子前來共襄盛舉。

宴會當天，大量的賓客與七名仙子都光臨宴會。正當宴會的氣氛越來越熱鬧時，第八位沒有受到邀請的仙子忽然出現了。

「你們的女兒將會被紡織機的紡錘刺死。」

這名仙子因為自己沒有受到邀請而懷恨在心，特地前來詛咒小公主。這時，最後一名還沒發表祝福的仙子走上前。

「到時公主並不是真的死去，而是沉睡百年。百年之後，會有一名王子來喚醒公主。」

那天之後，國王在全國貼出公告，下令銷毀所有的紡錘。

公主逐漸長大，出落得婷婷玉立，年紀也快要十五歲了。某一天，公主來到城堡的一座老舊高塔，在塔頂發現了一個小房間。房裡有一名老婆婆，正在用麻線織布。公主拜託老婆婆讓自己也試著織看看，正當老婆婆把紡錘交給公主時，紡錘的針應驗了仙子的詛咒，刺進了公主的手指。

公主就此陷入沉睡，而馬廄裡的馬、中庭的狗、停在牆上的蒼蠅、灶裡正燃燒的火焰也全都停止不動，整座城堡都靜止了。

接著，城堡周圍的玫瑰藤越長越茂密，越爬越高，最後將整座城堡蓋住。

玫瑰荊棘要將整座陷入沉睡的城堡封印百年。

公主醒來之後

經過了漫長的歲月，被深埋的城堡成為傳說，這個國家也換了另一個國王治理。這名國王有個獨生子，某天從沉睡的城堡旁路過。但神奇的事發生了，王子前方的荊棘自動分開，闢出一條道路，王子在命運的引導之下靠近城堡。

王子穿過城堡中央，來到老舊的高塔上，見到了沉睡的公主。公主的美貌讓王子驚為天人，忍不住輕輕地吻了她。這一瞬間，公主睜開雙眼看見王子，綻開了一朵微笑。同時公主周遭的一切也全都醒了過來，灶裡的火焰這才繼續燃燒。

當天，王子與公主就在城堡裡的禮拜堂舉行婚禮。

這則格林童話裡的〈玫瑰公主〉，故事就到此落幕。不過在格林童話之前，法國的作家佩羅則以〈睡美人〉或〈森林中的睡美人〉為篇名寫出這則故事，而且並沒有在這個幸福快樂的時間劃下故事句點。

城堡在仙子的詛咒下被封印在寂靜世界整整百年，這樣的故事其實已經很陰暗了，但在佩羅筆下的故事中，卻還繼續上演恐怖情節，最後帶領讀者前往令人震撼的結局。

過了兩年，王子與公主生下了晨曦（Aurore）小公主和日光（Jour）小王子。後來老國王過世，王子便繼承王位成為新國王。

原本身為王子的他，一直都很懼怕擁有食人鬼血統的母后，因此也隱瞞了與睡美人結婚一事。當上國王之後，他認為時機成熟了，便封睡美人為王妃，將她與孩子們接進城堡。他那位成為太后的母親，當然也用溫暖的笑容迎接新王妃母子三人。王子看見母親與妻子相處得如此融洽，總算放下心中大石。

但是和平的日子難以長久，鄰國挑起戰爭，想趁國王剛即位來佔領土地，於是國王決定親自出征前往戰場。

這時太后為了不讓任何人打擾，特地帶著王妃與孩子們來到別墅山莊。她們抵達山莊的當晚，太后叫來廚師，命令道：

「明天晚餐，你就把晨曦公主做成菜餚送來給我。」

廚師嚇得渾身發抖，表示自己萬萬辦不到，太后毫不掩飾裂到耳邊的血盆大口，怒斥廚師要服從她的命令。廚師苦惱良久，莫可奈何地帶著菜刀來到晨曦公主的房間，見公主纏著人撒嬌的樣子，不禁淚流滿面。於是廚師來到庭院，殺死了一隻小羊替太后料理晚餐。

幾天後，太后再度找來廚師，命令他把日光王子做成菜餚。三歲的小王子正值最可愛的年齡，廚師當然下不了手，於是宰了同樣柔軟的小羊做成料理，端去給太后吃。之後廚師還將晨曦公主與日光王子帶回自己家藏起來。

「我實在太想吃年輕王妃的肉了，你煮好之後淋上羅勃醬端來給我。」

某天晚上，太后對廚師下達了最後一道命令。廚師感覺自己再也無法矇騙太后了，於是拿著短劍進入王妃的房間，王妃卻絲毫沒有抵抗。

「請你殺了我吧！這樣我就能去陪伴晨曦公主和日光王子了。」

王妃這時還以為自己兩個失蹤的孩子都已經被殺了。

廚師聞言忍不住也哭了。

「王妃陛下，小王子與小公主都還活著，我把他們藏在我家了。」

於是廚師讓王妃與孩子們重逢，把他們繼續藏在自己家。接著又烹煮了小鹿之後送上太后的餐桌，勉強度過難關。

食人太后的下場

太后吃了三個人之後，難以忘懷那美妙的滋味，打算趁兒子回來之前再多吃幾個人，便開始在城堡裡到處物色看起來肉質柔軟的人。

某天，太后在城堡中庭散步時，忽然聽見附近傳來孩子哭泣的聲音。孩子的肉最為柔軟美味，於是她側耳傾聽，便聽到以下的對話。

「母后，請原諒日光王子吧！我會叫他別再調皮了。」

「那就不可以再這麼淘氣了哦！」

絕對錯不了，這三人的聲音太后再熟悉不過了。

太后臉色大變，立刻回到城堡找來隨從，用可怕又激動的深沉嗓音下了命令。

「去給我找一個巨大的木桶放在城堡大廳中央，在木桶裡放滿毒蛇。」

天剛亮，王妃、晨曦公主和日光王子一起遭到逮捕，雙手反綁被押到大廳。見到剛好裝得下三人的大木桶裡爬滿了毒蛇，王妃絕望得幾乎昏厥。

就在此時，城外響起了高亢的喇叭聲，那是國王戰勝鄰國之後凱旋而歸。

走進大廳的國王看見眼前異樣的光景，立刻察覺這是自己母親犯下的惡行。

「這是怎麼一回事？」

國王嚴厲的聲音劃破了大廳中的沉寂，太后又驚又怒，漲紅了臉。

「哦，新國王，我親愛的兒子啊，歡迎你凱旋歸來。想不到你能這麼快打敗敵人，讓人民重新安居樂業，實在太精彩了……」太后邊說邊快速地朝大木桶走去，用那雙彷彿燃燒般充血的雙眼怒瞪被綁著的母子三人，最後尖聲大喊：

「啊啊！我會永遠記住這份屈辱的！」

就在屏息圍觀的眾人面前，太后雙手搭著木桶邊緣，用快得來不及阻止的速度頭朝下栽進桶子裡。

無數毒蛇在木桶內鑽動，黑色鱗片閃著妖異光芒，爭先恐後地露出尖牙，攻擊落入木桶內的白皙肌膚。太后搭在木桶邊緣的雪白手腕，不過數分鐘就變成紫色，最後終於淹沒在木桶深處。

後來國王仍舊真誠地哀悼了太后之死。至於自此之後，王妃是否能與擁有食人鬼血統的丈夫與小孩過著真正幸福快樂的生活，我們便不得而知了。

萵苣姑娘

王子所付出的超昂貴代價
（摘自格林童話）

被幽禁的萵苣姑娘（長髮公主）

以前，有一對感情很好的夫妻，但他們為了遲遲沒有小孩而煩惱，後來妻子總算懷孕之後，兩人都非常高興。

這對夫妻的屋後有一個小窗戶，可以看見鄰居巫婆的庭院。巫婆年邁且相貌醜陋，她的庭院裡總是盛開著非常美麗的花朵，有些則結實纍纍，甚至還種了許多草藥。只是那座庭院除了巫婆之外，任何人都禁止進入。

某天，妻子望著那座庭院，忽然非常想吃種在院子裡的萵苣。丈夫雖然知道不能隨便闖入那座庭院，卻還是很想滿足妻子的要求，便找了一個晚上翻過高高的圍牆，偷拔了萵苣回家。

妻子品嚐過之後，比之前更想吃萵苣，於是丈夫又再度偷偷爬過圍牆，沒想到那個可怕的巫婆神色嚇人地站在他面前。

「難怪我總覺得最近院子裡的萵苣少了，原來就是你偷走的。」

丈夫害怕得跪地不起，開口央求巫婆：

「請您原諒我。我的妻子懷孕了，身體非常孱弱，我無論如何都想讓她吃點萵苣。否則再這樣下去，不只未出世的孩子不保，連我妻子都會死去！」

巫婆聞言便說：

「是嗎？那麼你想要多少萵苣就儘管拿走吧！但是你們的孩子一旦出生，我會將他帶走。」

害怕不已的丈夫，也毫不猶豫地答應了巫婆開出的條件。

後來妻子生下一名女嬰，巫婆立刻出現替女嬰命名為萵苣，並帶走了她。

巫婆將萵苣姑娘養成全世界最可愛的女孩，可是當萵苣姑娘一滿十二歲，巫婆便把她關在很高很高的一座塔頂。這座塔下沒有任何一扇門及樓梯，只有塔頂的一扇小窗，因此沒有任何人可以來探望萵苣姑娘。

巫婆是唯一能進入塔裡的人，她進塔的方式就是站在塔下面大喊：

「萵苣姑娘、萵苣姑娘！

放下妳的頭髮來！」

萵苣姑娘這時會從窗戶垂下她美麗的金色長髮，讓巫婆順著長髮爬上塔頂。

有一天，一名年輕的王子路過這座塔附近，發現萵苣姑娘佇立在窗邊的美麗倩影便一見傾心。王子非常想表白自己的思慕之情，卻怎麼找也找不到高塔的入口，而且塔上的窗戶實在太高，不管拿什麼梯子來都搆不著。王子並不氣餒，還是每天特地來看萵苣姑娘。沒多久後，終於讓他看見巫婆是怎麼叫萵苣姑娘放下長髮的。

隔天，王子等到天黑之後來到塔下，不假思索地模仿巫婆說的話。

「萵苣姑娘、萵苣姑娘！

放下妳的頭髮來！」

說完只見萵苣姑娘的金色長髮緩緩垂落，王子牢牢地捉住長髮爬上去，終於見到了他朝思暮想的萵苣姑娘。

另一方面，萵苣姑娘眼前冒出一個此生從未見過的美麗生物，讓她吃驚不已。而且這個生物還相當大膽地對她說：

「我從來沒看過像妳這麼美的人，請妳立刻當場成為我的妻子吧！」

萵苣姑娘並不是很明白王子話中的意思，可是她覺得自己渾身發燙，心跳加速，不由得點頭答應了王子的要求。

於是，這兩人便發生了「關係」。對萵苣姑娘而言，這是有點痛楚，有點愉悅，非常棒的一件事。

萵苣姑娘愛上了王子，兩人總是避開巫婆會來的大白天，每天晚上開心地見面共度良宵。

巫婆完全沒發現這件事，然而有一天，萵苣姑娘忽然開口問了巫婆：

「婆婆，我的衣服變得好緊，就快穿不下了，這是為什麼呢？」

巫婆立刻發現萵苣姑娘已經懷孕，當下勃然大怒，拿起剪刀剪下萵苣姑娘一頭美麗的秀髮，並把她趕到荒山野嶺去了。

萵苣姑娘過了一段時日，生下一對龍鳳胎。

抱著兩個孩子的萵苣姑娘，在荒野中無家可歸，過著乞討維生的日子，十分落魄悽慘。

這篇作品很隱晦地描寫了性事，但實際上格林童話裡並沒有這個部分。《萵苣姑娘》的起源是來自法國民間故事，後來由格林兄弟收錄在自己的童話集裡，刪去了性事方面的隱喻。而從這些遭到割愛的橋段中，不難想像純潔無暇的萵苣姑娘逐漸沉溺於慾望中的情況。

「衣服太緊了」這句暗示她懷孕的話，顯然也代表了萵苣姑娘因為過於無知，並不明白自己夜晚情事會造成的後果，當然更想不到說出這些話會讓自己跟王子歡愉享樂的事跡敗露。

然而格林兄弟就連這句稍微提及她可能懷孕的對白，在第二版時也都刪除了。只是古時候的避孕方式比起現今還要落後許多，想來像這則故事裡那樣「不小心就懷孕」的情況應該不少才對……

年輕氣盛的後果

在萵苣姑娘被趕出高塔當晚，一無所知的王子就如往常一般在塔下呼喊萵苣姑娘的名字。在月光下閃耀光芒的金髮柔順地垂下，王子為著今晚又能見到心愛的人而滿腔喜悅，順著金髮爬上了塔頂。

平常王子只要一接近窗邊，萵苣姑娘就會伸出纖纖玉手迎接他，但今天這隻手卻顯得粗糙且骨瘦如柴。

「咦，奇怪了，難道萵苣姑娘身體不舒服嗎？」

王子心下疑惑，在那隻手的協助下挺身爬到窗前。然而最初映入他眼簾的卻不是目光閃耀，有著玫瑰色臉頰的美麗萵苣姑娘。

眼前是閃著詭異光芒，幾乎要瞪出眼眶的赤紅雙目，尖尖的大鼻子、黝黑又布滿皺紋的一張臉。站在眼前的醜陋巫婆，甚至還朝著王子微微一笑。

王子的心臟瞬間一緊，差點就要鬆開攀在窗框上的手。這時，巫婆捉住王子的脖子，一把將他扔進房間裡。

王子驚嚇到幾乎渾身無力，連話都說不出來。只聽見巫婆用粗啞的聲音惡狠狠地對他說：

「臭小子，你的萵苣姑娘已經不在了。」

巫婆的腳邊的確只剩下萵苣姑娘的頭髮四散，這件打擊與對巫婆的恐懼讓王子腦中一片混亂，忽然起身衝向窗口，毫不遲疑地往下跳。

幸好塔下是一片柔軟的草地，王子得以撿回一命，但摔落時的撞擊過重，他的兩顆眼球承受不住地從眼眶滾落。悲傷過度的王子於是在森林中徘徊，而且因為失去雙眼，只能像動物一樣趴著到處尋找食物，吃些伸手摸得到的雜草，啜飲地上的泥水。大顆淚水從他骷髏頭般凹陷的兩個眼眶裡不停地落下。

曾經擁有美麗容貌的兩人，就這樣各自過著悲慘的生活，一過就是好多年。

某天，王子來到了荒野，聽見了他既熟悉又眷戀的聲音，他立刻認出聲音的主人就是萵苣姑娘。萵苣姑娘隨即也明白眼前這個樣貌已經徹底改變的男人是誰，兩人便緊緊相擁在一起。

就在他們擁吻時，萵苣姑娘的兩滴眼淚分別落在王子的雙眼裡，這時神奇的事發生，王子的眼睛復原，重見光明了。

儘管王子為兩人能夠重逢而感到高興，卻對憔悴的萵苣姑娘以及忽然冒出來的兩個親生孩子感到困惑。王子在什麼都不懂的情況下就誘惑萵苣姑娘，最終還是付出極高昂的代價，犧牲了國王的地位以及優渥的生活。

至於格林童話第二版之後，更是畫蛇添足似地交代「萵苣姑娘與王子從此過著幸福快樂的日子」這樣的結局。

決定自己刑罰的侍女（摘自格林童話）

牧鵝姑娘

替身新娘

從前從前，有個國家的公主要遠嫁到另一國去，公主的王妃媽媽除了讓公主帶著大量的華服與寶石之外，還割破自己的手指，滴了三滴血在手帕上送給公主，因為那張手帕將擁有神奇的力量，可以守護公主。接著王妃又選了公認聰明伶俐的一名侍女陪公主出嫁。最後王妃找來一匹名叫法拉達，既會說人話也很聰明的馬匹當公主的坐騎後，就這樣目送公主離開了。

公主一路前行，直到看不到自己國家的城牆時，來到了河岸。這時她覺得有些口渴，便拿出帶來的金杯要求侍女去替她取水。就在這時，侍女終於抬起一直低垂的頭，瞪著公主冷酷地說：

「想喝水的話，就自己去河邊喝啊！」

公主只好下馬，走到河邊蹲了下來。這時，她懷中有王妃三滴血的手帕竟落入河裡漂走了。侍女見狀非常高興地說：

「這麼一來我就沒什麼好怕的了，我要取代妳成為新娘。」

侍女捉住公主，打算用短劍一刀刺死公主。

「等等，我不會把這件事告訴任何人的，求妳別傷害我。」

公主許下承諾之後，侍女便和公主交換了身上的衣服。

兩人來到等待迎娶新娘的遠方城堡，對方也高興地迎接兩人進城，王子毫不遲疑地與假扮成公主的侍女舉行婚禮。冒牌公主要求王子，希望他把自己帶來的侍女發派到遠一點的地方工作。王子聽從了妻子的請求，將侍女派去負責牧鵝的少年裘爾特身邊打雜。

儘管趕走了真正的公主，但那匹馬——法拉達會說人話，很有可能會揭發她的惡行，因此冒牌公主還是感到很不安。於是冒牌公主再度央求王子殺掉法拉達。在心愛妻子的要求下，王子命令剝皮工匠殺了那匹馬。得知這個消息，真公主趕忙去找剝皮工匠。

「如果你殺了那匹馬，請你把馬頭掛在城門下方好嗎？」

由於公主付了一些錢，剝皮工匠便欣然同意了公主的要求。這麼一來，公主以後還是能夠與忠誠的法拉達說說話。

一大早，公主跟著袞爾特要去牧鵝，經過城門下時，公主輕輕地對法拉達的頭說話了。

「噢，可憐的法拉達！」

「可憐的人是公主才對，王妃如果看到您現在的樣子，不知道會有多傷心。」

兩人來到草原上牧鵝時，公主開始梳起了自己的頭髮，袞爾特見公主的秀髮很美，不由得想伸手去摸。公主此時詠唱起咒語吹起一陣風，把少年的帽子吹走了。趁著牧鵝少年去撿帽子時，公主便迅速把頭髮盤起來。

因為公主一點都不聽話，少年袞爾特一怒之下便去狀告王子的父親，也就是在老國王面前說公主的壞化。包括城門下的馬頭稱呼這個女孩為「公主」，還有在草原上不聽他的話，引來風把帽子吹走……等等

老國王聽了少年的話，對於這位牧鵝姑娘產生強烈的好奇心。隔天，便悄悄地跟在袞爾特與公主兩人身後，並發現袞爾特所說的話都是真的，因此當天晚上，國王便把公主叫

來問話。

「妳到底是誰？為什麼馬頭會叫妳公主？妳又怎麼能吹走裘爾特的帽子？」

公主表示她無法回答。

「我用性命交換條件，保證不對任何人說出真相。」

因為公主的言行舉止美麗又優雅，讓老國王無論如何都想知道眼前這名女孩的祕密。

「既然如此妳就別對人說，去對著暖爐說吧！」

於是真公主聽話地來到地下室的暖爐前，全盤托出自己不幸的遭遇。暖爐的上方有個洞穴，國王就站在洞穴上的房間聽完所有內容，接著立刻讓她換上相稱的衣裳，把王子叫來自己跟前。

侍女後來的命運

這天到了晚餐時間，假扮公主的侍女若無其事地來到餐桌旁就坐。所有人都到齊之後，國王緩緩地開口提問。

「我有個問題想問問各位，如果有個人假扮成別人，還欺騙自己的丈夫，應該受到什麼刑罰呢？」

在場眾人紛紛提出各種處刑的建議，例如鞭打、倒吊、砍頭……等，甚至還有人提議把犯人推下懸崖。

「考慮到被取代的那個人傷心的時間那麼久，受處罰的人應該也要遭到長時間的痛楚才對。公主啊，妳怎麼看呢？」

侍女沒想到國王居然會指名她來回話，高興得神色都發光了。

「應該把罪人的衣服剝下來，裝進內側釘滿了釘子的大酒桶內，讓馬匹來拖行酒桶。用漫長的痛楚凌遲罪人，讓他求死不得。」

國王認同地點了點頭，把站在門後等待的真公主叫了進來。穿著華麗衣裳的公主靜靜走進房內，站在國王與王子之間。國王說：

「侍女啊，那就是篡奪身分的妳應該遭受的處罰。是妳決定了自己罪行應得的刑罰。」

隔天早上，馬路上不斷響起馬匹拖行大酒桶的鈍重聲音。圍觀的群眾見狀後便交頭接耳傳話說：

「那酒桶內肯定裝了葡萄酒，有那麼多葡萄酒流出來呢。」

這部作品是格林童話中，充滿強烈古老色彩的一則。沾了王妃血液的手帕是高貴的象徵，擁有強大效力。因此失去了那條手帕，公主便陷入困境中。然而侍女最後終究事跡敗露，公主也正式獲得國王的迎接，成為王子妃。儘管侍女曾短暫當過王子的妻子，王子卻毫不給予憐憫，這其實是相當可怕的結局。

中世紀歐洲存在兩種婚姻形式，一種是基於正式契約的婚姻，另一種則是自由戀愛結婚。而後者在相較之下，只要視男方意願很輕易就能反悔取消，據說王族之間也不時會引用這個制度。

紅舞鞋

紅色是不吉利的惡魔顏色

（摘自安徒生童話）

迷戀紅舞鞋的女孩

很久以前有個女孩名叫卡蓮，她非常貧窮，總是赤著雙腳沒有鞋穿。在她媽媽過世那天，鞋店的阿姨憐憫地用舊布料替她做了一雙紅色的鞋子，卡蓮便在媽媽的葬禮上穿著那雙紅鞋子。

正當葬禮舉行到一半，一輛豪華大馬車經過教堂前，馬車裡的老富婆注意到卡蓮腳上的鞋子。富婆聽了卡蓮的遭遇之後深感同情，決定收留並養育卡蓮。可是卡蓮腳上那雙老舊的紅鞋子，卻被扔進暖爐裡燒掉了。

卡蓮在新養母的身邊逐漸長大，終於要去接受堅信禮的洗禮。為了去教堂受洗必須穿上新鞋，因此卡蓮便與養母一同前往鎮上的大型鞋店。

「到教堂接受堅信禮，一定要穿上黑鞋子表示虔誠的敬意哦！」

養母雖然這麼告訴卡蓮，但一雙閃閃發亮的紅色搪瓷舞鞋，卻深深擄獲了卡蓮的心。

「阿姨，請買那雙鞋給我。」

由於養母的視力並不好，便也買下了卡蓮所選的鞋子。

堅信禮那天，卡蓮雖然猶豫了一下，最後還是不敵穿上紅舞鞋的誘惑。當卡蓮穿著紅舞鞋出現時，牧師與週遭的所有人都震驚地看著卡蓮的雙腳。然而卡蓮太過於醉心於紅舞鞋，不僅不覺得丟臉，更是無論在牧師說話、祈禱時，或是眾人唱聖歌時，都一心想著自己腳上的紅舞鞋。

養母後來聽說了這件事，便斥責了卡蓮一頓，告訴她穿著舞鞋進入教堂，等於是褻瀆神明。

後來當教堂要舉辦聖餐禮時，卡蓮又忍不住穿上紅舞鞋前往。當卡蓮與養母一起抵達教堂時，見到一名留著紅鬍子的老兵拄著枴杖，站在禮拜堂的入口。兩人從老兵面前走過時，老兵便靠近她們，在卡蓮的面前屈膝而跪。

「真是漂亮的一雙舞鞋啊。跳舞的時候，肯定會牢牢地貼在這雙腳上，絕對不會掉哦！」

老兵聲音沙啞地說完，還敲了敲紅舞鞋的鞋底。

等到聖餐禮總算是結束後，卡蓮與養母一起走出教堂，只見老兵仍站在原地。老兵就像先前那樣走近卡蓮，而且這次把話說得更清楚了。

「噢，真是漂亮的一雙舞鞋啊！」

卡蓮嚇得不知所措，當場打算把鞋子脫下來。就在這瞬間，卡蓮的雙腿不由自主地跳起舞來。而且一旦開始，鞋子便不聽使喚地不斷踩著舞步。養母打算制止卡蓮時，鞋子還踹養母的腿，而且迫使卡蓮不停跳舞。震驚的眾人見狀強行制伏卡蓮，總算把鞋子從她腳上硬脫下來。

風波平息之後，養母將受阻咒的紅舞鞋藏到櫃子深處，告誡卡蓮不許再穿上那雙鞋。

「紅」是血的顏色，同時也予人挑逗的印象。因此也可以視為這代表了卡蓮逐漸長大為成熟女性。

但另一方面，在歐洲歷史上也曾避諱嫌惡紅色，認為那是「惡魔的顏色」。例如西歐從中世紀至宗教改革時期，就強迫妓女、劊子手、某些疾病患者身上要烙下紅色的印記，以標註身分。此外的迷信還包括了「出門旅行若碰見紅髮的人會很不吉利」、「新年若有紅髮客人上門，這一年就會發生哀事」等說法。

不停跳舞至死的紅舞鞋

不久之後，養母患了重病。某天鎮上要舉辦大型舞會，但當天早上養母病情惡化，眾人都覺得老太太應該熬不過這天就會蒙主寵召。

卡蓮該做什麼非常清楚，她必須用心地照顧養大自己的養母才對。但卡蓮對那雙紅舞鞋太著迷了，她瞞著臥病在床的養母拿出鞋子，打算穿上它們出門參加舞會。不過當紅舞鞋就在自己面前時，卡蓮畢竟還是會感到內疚。

「我還是沒辦法就這樣去舞會。不過，只是穿一下鞋子應該沒關係……」

然而，當卡蓮輕輕把雙腳放進鞋子裡時，鞋子彷彿擁有自己生命似的，忽然跳起舞來。卡蓮大驚失色，拼命想辦法要控制自己雙腳的行動，卻是徒勞無功。不僅如此，只要卡蓮想往右走，鞋子就會往左，只要她想前進，鞋子就會帶著她後退。卡蓮邊跳舞邊想盡辦法要脫下鞋子，但舞鞋緊緊貼著她的雙腳，怎麼也脫不下。她想乾脆連襪子一起脫下，仍是白費功夫。

卡蓮一路跳著離開舉行舞會的鎮上，穿過陰暗的森林，又經過墳場，來到教堂前，這時一名白衣天使出現了。天使右手拿著一把大劍，神情嚴厲得令人難以直視，祂望著卡蓮說：

「妳既然穿上那雙紅舞鞋，就要一直跳舞到死為止。跳到妳玫瑰色的雙頰沒有血色，渾身蒼白冰冷。跳到妳的皮膚萎縮得像個老太婆。孩子們見到妳必定十分害怕，就會反省並改掉像妳這般任性傲慢的性格。來，跳吧！不停地跳吧！」

從此無論是夜晚還是雨天，卡蓮都不停地跳舞。她渾身泥濘、傷痕累累，一身的衣服變得破爛不堪，頭髮也非常凌亂。卡蓮跳著舞經過的鎮上，都引來人們回頭觀望。

最後，卡蓮終於跳著回到自己的鎮上，只見養母的喪禮正在進行中。喪禮上的人們只是一語不發且冷漠地看著跳舞的卡蓮。

「我終究還是遭到天使的詛咒，連大家都放棄我了！」

小鎮外有一排荊棘樹叢，但紅舞鞋不以為意地帶著卡蓮直接往樹叢跳。卡蓮流下的鮮血染紅衣服，遠遠看上去就像是特地為了搭配紅舞鞋而特地挑選的服裝。

樹叢的另一邊有間獨棟的屋子，是砍頭劊子手的家。卡蓮一邊跳著舞一邊敲門，大聲喊道：

「求求您！求求您幫我！請把我的腳砍下來吧！」

劊子手聽完事情的來龍去脈之後，拿出他砍頭時用的大斧頭，朝著卡蓮的腳踝用力砍下。卡蓮小巧柔嫩的雙腳便隨著紅舞鞋高高飛起，鮮血在半空中畫出一道紅色的弧線。

更令人吃驚的是，紅舞鞋掉到地上後，看起來似乎更為欣喜，踩著狂亂的舞步離去，沒多久便不見蹤影了。

劊子手替卡蓮製作了枴杖，還教她如何吟唱罪人該唱的讚歌。卡蓮接著前往教堂去尋求救贖，但當她來到教堂前，卻看見那雙被血染得黑紅交錯的舞鞋，彷彿在嘲笑她似地舞得非常起勁，讓她恐懼得動彈不得。

安徒生後來寫的結局是卡蓮到教會去幫忙，信仰也變得很虔誠。最後那位天使來找她，讓她明白自己已經獲得寬恕，因此高興得心跳過度而死，靈魂還被召喚進了天國。也可以說這是一部深受天主教影響的作品吧！

人魚公主

終究得不到回報的愛（摘自安徒生童話）

人魚公主之戀

小人魚公主滿十五歲時，獲准可以浮到海面上去看看。人魚公主第一次見識到海面上的世界，馬上就深受吸引。

巨大的船隻！還有走到甲板上王子英姿煥發的身影。

施放在高空的煙火，還有人們歡快的招呼聲及一一回應的王子，都讓人魚公主看得目不轉睛。這時忽然一場暴風雨來襲，王子們乘坐的船隻就像凋零的落葉般遭到海浪翻弄，之後更遭到雷擊，沒多久整艘船就消失在巨浪之間了。

人魚公主拼命地找到在陰暗海裡載浮載沉的王子，使盡全力抱著王子將他送到附近的沙灘上安置好。察覺到有人接近，人魚公主趕忙躲起來，只見路過正是王子鄰國的美麗公主。公主抱起王子，確認他是否還有氣息，隨即命令隨從送王子回到家鄉。

王子被細心地護送回城堡，人魚公主見不到王子之後，便回到海底自己的城堡裡。但從那一天起，王子的身影就在人魚公主的腦海中揮之不去。

過於思念的人魚公主去找祖母商量，想知道有什麼方法可以前往人類世界尋求幸福。祖母告訴她，只要跟人類男子真心相愛並在神的面前結合，就能夠在人類世界獲得幸福。但她同時也告誡人魚公主，不要做這樣的打算會比較好。但從那天起，人魚公主就一直記著祖母說的話，煩惱到最後，她做了一個非常可怕的決定。

某天，人魚公主下定決心不斷地朝深海越潛越深，打算前往海底。她奮力通過發出轟隆巨響的漩渦暗流，總算脫身時又碰上不停冒著氣泡的灼熱泥沼，讓她難受不已。後來又必須穿過非常黑暗的森林，森林裡有著許多如同蛇一般滑溜纏人的可怕生物。接著看見以前遇難沉沒的船隻，船上死狀各異的船員的骷髏頭被生物們拖著，在海流之間載浮載沉。

等她總算穿過森林來到一片空曠地，只見無數條海蛇在眼前，牠們的黃色腹部閃爍著沉鬱亮光，不停翻滾游動。一旁的女巫住處就是人魚公主此行的目標。

女巫一見人魚公主，便對她說道：

「傻女孩，我明白妳的心情，但如果妳成為人類，一定會不幸的。」

但人魚公主並不在乎，苦苦哀求女巫成全她的心願。女巫警告她如果成為人類，就再也無法變回人魚，而且萬一她不能與心愛男子許下永恆愛的誓言，將會心碎而且化為海中的泡沫，徹底消失。

「就算如此也沒關係。」

女巫明白人魚公主的心意已決，最後便說：

「我會幫妳調製魔藥，但要用妳美妙的聲音來交換。」

人魚公主一收下女巫交給她的透明藥瓶，女巫立刻捉住人魚公主的長髮，並用難以置信的強大力道將她往後拉倒。

「伸出妳的舌頭。」

人魚公主伸出小巧的桃色舌頭，女巫便以迅雷不及掩耳的速度拿出銳利的小刀割下它。就在嘴裡嚐到滿口溫熱液體滋味的同時，人魚公主也永遠失去了她那金絲雀般美妙的聲音。

人魚公主忍著劇痛浮上海面，來到城堡旁之後，一口氣喝下女巫給她的藥，藥水就好像火球般燒灼人魚公主的喉嚨。而才剛被割下舌頭的傷口，也像是被印上烙鐵似的劇痛難當。至此已經奄奄一息的人魚公主，終於不支昏倒了。

擄獲不了的王子心

人魚公主醒來時，王子正站在她的面前。王子詢問她是誰、又是從何而來？但失去聲音的人魚公主卻無法回答。這時人魚公主發現自己身上的魚尾已經不見，取而代之的是一雙孱弱的腿。

王子親切地帶人魚公主回到城堡，還讓她穿上美麗的衣裳，把她隨時帶在身邊，處處關愛照料。但這份感情就像在照顧妹妹或是小孩一般。王子經常帶著人魚公主來到海邊，告訴她當自己遭遇船難時，被一名美麗公主拯救的故事。

「救你的人是我，不是那個公主啊！」

想這麼告訴王子的人魚公主卻連話都不能說。

某一天，王子這麼告訴人魚公主。

「我得到父母的首肯，要去向鄰國公主提親。」

提親歸國之後，王子的雙眼閃爍著喜悅之情。

「那位公主總算答應了我的求婚！」

王子根本認錯人了，但人魚公主卻無計可施。

王子墜入愛河的過程有許多不同版本，例如王子誤會那名公主是救命恩人，或是他忘記溺水時拯救他的人魚公主的模樣，擅自將後來認識的公主與恩人的身影重疊等等。然而不管是哪一個版本，這則故事都是悲劇。即使為對方奉獻一切也得不到回報，據說展現的就是安徒生本人負面的愛情觀。

婚禮當晚，人魚公主獨自來到海邊望著大海，看見她的姐姐從海中城堡來到海面上。姐姐給了人魚公主一把匕首，要她狠心殺死王子，這是讓她不化為泡沫的唯一方法。

人魚公主收下匕首，回到城堡內，站在與新婚妻子相擁而眠的王子床邊，高高舉起匕首。但是人魚公主終究不忍下手，就這樣站著不動，最後東方的天空逐漸投進紫色光芒時，她輕輕嘆了口氣，離開了城堡。

人魚公主來到海邊，扔掉了手上的匕首。匕首一掉入海浪裡，水面便化為一片紅色宛如染血似的。人魚公主緩緩站起，朝水面縱身一躍，濺起了小小的浪花。

就這樣，人魚公主化成海上的泡沫消失無蹤了。

青蛙王子

和青蛙同床共枕
（摘自格林童話）

與青蛙的約定

有一名公主正在把玩喜愛的金球時，金球不小心掉進泉水裡。

「如果有人能幫我撿回那顆金球，無論他想要我的衣服或寶石，我都可以給他。」

公主的話才說完，一隻青蛙便從水裡探出頭來。

「我並不想要妳的衣服或寶石，但如果妳願意當我的朋友，我就幫妳把金球撿回來。」

仔細一看，那是一隻長得非常噁心的青蛙。紅黑色濕滑的身體上沾著濃稠的黏膜，全身還覆滿內有膿皰的疣。

「我可以當你的朋友，所以你快去把球撿回來吧！」

「那妳願意讓我坐在妳身邊，使用妳的盤子一起用餐，還讓我睡在妳的床上嗎？」

「嗯，我答應你的要求。所以你別再這麼囉唆了，快去撿回來。」

公主內心感到輕蔑，覺得反正青蛙也不能離開水裡上岸。青蛙乾脆地噗通一聲跳下水，過沒多久便帶回了金球。公主一拿到金球，就一溜煙地回城堡去了。

隔天，公主正在享用早餐時，忽然有個東西發出「啪嗒、啪嗒」的聲音，一步步地爬上大理石階梯。過沒多久，便響起了敲門聲，還說道：

「公主，我是妳的青蛙朋友，請妳開門。」

公主聞言臉色蒼白，坐在椅子上一動也不動。國王察覺公主的樣子很不尋常，便詢問她是怎麼一回事。等公主交代完來龍去脈之後，便對她說：

「既然妳已經答應了人家，就必須遵守約定。好了，快去開門吧！」

國王從來不曾責罵過公主，現在卻嚴厲地這樣命令她。公主只好不情不願地聽話地走過去把門打開。

分享同一個盤子的餐點，又要同床共枕，這是情侶會做的事。這隻青蛙深知自己長得醜惡，以實現公主的願望為交換條件，想成為公主的情人。歐洲社會比日本更重視契約，因此即使對象是青蛙，只要許下了承諾，貴為公主也不能輕易毀約。青蛙也是很清楚這一點，所以才會堂而皇之地找上門來。

反悔的公主

青蛙跳進了屋內，爬上公主旁邊的椅子上，接著說道：

「把妳的金盤子拿到我面前，我們一起分享盤子裡的餐點吧！」

近距離看著青蛙，起了雞皮疙瘩，也深深懊悔自己不該輕易許下承諾。雖然她滿心嫌惡，但在國王的注視之下，只能別無選擇地與青蛙一起用餐。

「請把我帶回妳的房間吧，我們可以一起入睡。」

聽了青蛙的要求，公主覺得自己全身的血液都涼了。她怎麼能夠跟冷冰冰又全身長疣的青蛙一起睡覺呢！但任憑公主如何哭喊求饒，國王仍再度命令她要確實遵守承諾。

公主顫抖著伸出兩根手指拎起青蛙，帶牠回自己房間。然而當她關上房門後，便受不了地大翻白眼怒喊。

「我覺得你真是噁心死了！沒錯，你乾脆去死吧！」

公主在拎著青蛙的手指上略微施力，將青蛙扔向牆壁。

但是青蛙並沒有死，牠掉在公主的床上，變成一位英俊的年輕王子。

公主一見到這位王子，便喜歡上了他。與青蛙之間的約定，也因為是對王子履行承諾，所以公主也不再猶豫。她立刻讓王子坐在自己身邊，一起享用同一盤子的餐點，最後還同床而眠。

格林童話自第二版之後，王子撞上牆壁便不是掉在「床」上，而是改寫為掉到地上。另一個部分的改寫則是「變成王子的青蛙和公主在父王的同意下結婚，接著才同床共枕」。從戀愛對象改寫為當朋友，又從變身王子後同床改寫為在嚴格父王管理下結為夫妻，隨著故事一再改版，逐漸加入教育方面的考量，這也是格林童話的特色之一。

眾所周知，格林兄弟的價值觀相當重視父權主義。這則故事也可以看出格林兄弟的想法，就是無論內容有多麼不合理，都不該違背父親的命令。而平常溺愛自己的父親，居然出乎意料地下達如此冷酷的命令，實在不難想像公主聽見命令時，有多麼不解和恐懼了。

【第3章】

山林精怪的惡形惡狀

（摘自日本民間故事）

瓜子姬

不為人知的殘酷結局

瓜子姬是撿來的女兒

很久很久以前有一對老夫婦，住在深山的房子裡相依為命。某天，老奶奶去河邊洗衣服時，見到一顆瓜載浮載沉，從上游緩緩地漂來。

「哎呀，這顆瓜看起來真美味，拿回去跟老伴一起吃吧！」

於是老奶奶撈起河上的瓜，將它帶回家。

當晚，老爺爺揹著在山上砍好的柴回到家後，老奶奶便拿出菜刀把瓜剖開。當瓜一分為二時，裡面竟然躺著一個袖珍可愛的女嬰。

老爺爺老奶奶儘管震驚不已，仍將這名從瓜裡誕生的女孩命名為「瓜子姬」，悉心地養育她。一開始體型非常嬌小的瓜子姬也逐漸長大，出落得亭亭玉立。

瓜子姬是日本家喻戶曉的民間故事，故事開端與桃太郎從桃子裡誕生的過程幾乎一模一樣。在日本東北地方的版本中，瓜並非從河裡漂來，而是從田裡長出。無論是瓜子姬或桃太郎，都被認為是上天賜與的幼小神子。不過換個說法，他們其實就是撿來的孩子。從外面撿來的孩子，可不能每天只知道玩耍。

瓜子姬非常擅長織布，每天都很認真地踩著紡織機。

「嘰——咚咚、砰咚咚！」

日復一日，房裡都傳來殷勤織布的聲響。瓜子姬所織的布匹相當精緻美麗，拿到城裡都能夠賣到極好的價錢。老爺爺與老奶奶也非常寶貝這個女兒，幾乎不讓她踏出家門一步。

能夠織出美麗布匹的瓜子姬，名聲終究在城裡逐漸傳開來。

她的事當然也傳進王公貴族耳裡，一名公子聽說此事，便提出了迎娶瓜子姬的要求。

老爺爺與老奶奶當然非常高興，立刻準備讓瓜子姬出嫁，打算到城裡去買件她的嫁衣。

兩老要出門前，還非常鄭重地警告瓜子姬說：

「瓜子姬啊，聽說最近這一帶常有天邪鬼[1]出沒，所以妳看家這段時間，不管任何人來都不許開門哦！」

這則故事據說最早起源於室町時代（西元1336～1573年）的一則短篇《瓜姬物語》，之後成了流傳全日本各地的民間故事，但後來東日本與西日本的版本有很大的差異。我們在此要介紹的是東日本流傳的故事內容，應該與各位先前讀過的《瓜子姬》大有不同。

被天邪鬼欺騙的下場

老爺爺與老奶奶出門之後，瓜子姬就像往常一樣努力地織布。

「嘰——咚咚、砰咚咚！」

1 一種日本妖怪，專與人唱反調、愛惡作劇的妖怪

織布機發出的聲音，在空無一人的家中顯得格外響亮，讓瓜子姬覺得有點孤單。「啪躂、啪躂……」這時，一陣詭異的腳步聲在門口響起，接著又傳來陰森沙啞的說話聲。

「瓜子姬、瓜子姬，可以幫我開門嗎？只要一下下就好。」

「不行，我不知道你是誰，但我幫你開門的話，爺爺奶奶會罵我。」

瓜子姬說完，沙啞的聲音似乎就變得很悲傷。

「妳只要打開一個手指那麼窄的小縫就好，拜託妳。」

聽起來怪可憐的，瓜子姬想打開一點點應該沒關係，於是就開了門。只見天邪鬼迅速拉開門縫闖進屋裡。天邪鬼只要看到別人幸福就會去搗蛋、破壞，當他聽到瓜子姬要嫁給貴公子，就立刻找上門來。

看見瓜子姬吃驚的樣子，天邪鬼又進一步引誘她道：

「瓜子姬、瓜子姬，山谷裡結了好多桃子呢，我們一起去摘吧！」

瓜子姬不知該如何是好，天邪鬼又特別纏人，最後只好跟著去了。

天邪鬼背起了瓜子姬，身輕如燕地朝山谷奔去。他們來到桃子樹下之後，天邪鬼就俐落地自己爬上樹，津津有味地吃起了成熟的桃子。被留在樹下的瓜子姬，看著看著也非常想吃。

「也給我一顆吧！」

天邪鬼聽了，卻只扔給她青澀沒熟的桃子。

「我不要那個，給我熟的桃子吧！」

「妳自己爬上來摘不就好了？不過妳那身漂亮的衣服肯定會鉤破，這件破衣服先借妳穿吧！」

天邪鬼爬下了樹，跟瓜子姬交換身上的衣裳，讓瓜子姬穿上破舊衣服爬樹。

「再爬高一點，再高一點。」

等到什麼都不懂的瓜子姬爬上桃樹頂端時，天邪鬼開始用力搖晃樹木。

「呀啊！」

瓜子姬頭下腳上地從樹上直直摔下，落地時折了脖子，就這樣一動也不動了。

天邪鬼從瓜子姬的屍體上剝下臉皮，戴在自己臉上假扮成瓜子姬，接著回到瓜子姬的家。

沒有乖乖聽從爺爺奶奶吩咐的瓜子姬，就這樣悽慘地成為穿著破衣服而且沒有臉的屍體，被拋棄在山谷裡，再也沒有人知曉。

讀到這裡，應該有不少讀者感到疑惑：「《瓜子姬》是這麼殘忍的故事嗎？」多數人聽過的版本應該如下：

「天邪鬼把瓜子姬綁在樹上，假扮成瓜子姬嫁給貴公子。但在他出嫁途中，鳥兒鳴唱著把瓜子姬被綁在樹上一事說了出來，假扮瓜子姬的天邪鬼就被殺掉。瓜子姬獲救後順利出嫁，過著幸福快樂的日子……」

這是主要在西日本流傳的《瓜子姬》故事結尾。在適合孩童閱讀的民間故事書裡，也幾乎都是這個幸福結局。

然而在關東版本裡，瓜子姬被誘騙出去後遭到暴力對待，而且還被殘忍地殺害。天邪鬼便是壞男人（或是陌生人）的化身。從另一個角度看，東日本的瓜子姬下場悽慘，或許是體現了當時因為養不起而殺小孩的事件頻傳，悲慘貧窮的農村現狀。所以比起皆大歡喜的結局，瓜子姬死去的版本還比較接近真實情況。

老爺爺與老奶奶回家時，只見瓜子姬跟平常一樣在織布。只不過，織布機的聲音好像有點古怪。

「嘰——嘰——咚咚、砰——咚咚！」

兩人探了探房內的情形，發現織線都已經凌亂斷裂了，瓜子姬卻還是若無其事地織著布。察覺不對勁的老夫妻，硬把瓜子姬從織布機上拽下來。瓜子姬的臉皮隨之滑落，露出了天邪鬼的真面目。

老爺爺與老奶奶得知即將出閣的瓜子姬遭到殺害，為了能發財的金雞母被弄死感到怒不可遏，拿起鐮刀與鐵鍬把天邪鬼又割又砸到體無完膚。最後把天邪鬼鮮血淋漓且看不出原型的屍骸，丟棄到山裡的蕎麥田裡。

蕎麥的根是紅色的，就是因為當時沾到天邪鬼的血才會如此。

天邪鬼的假臉皮剝落之後，遭遇的報復手段大多是股裂等各種殘忍手法，而且西日本的殘忍手段報復傾向更強，應該是為了強調以牙還牙。即使如此，這樣的心態還是相對健康的。總好過把故事寫成「老夫妻在利欲薰心之下，若無其事讓假扮瓜子姬的天邪鬼嫁給貴公子，換取優渥生活」這樣的結局吧？

猿蟹大戰

猴子分明是單獨赴會

執行過當的報仇雪恨

很久以前，有一隻猴子跟一隻螃蟹在玩耍，猴子擁有柿子的種子，螃蟹則有一顆飯糰。猴子非常非常地想吃螃蟹手上的飯糰，就這麼說道：

「蟹兄、蟹兄，我用柿子種子跟你交換飯糰吧！飯糰只要吃掉就沒了，但把種子種在土裡，以後就會結很多柿子哦！」

螃蟹覺得猴子說得有道理，就把飯糰給了猴子，收下柿種。猴子當場吃掉飯糰後，便回山裡去了。螃蟹則把柿種灑進土裡並澆水。

螃蟹唱著：

「柿種柿種，快快發芽。不發芽的話我就用鉗子剪壞你哦！」

於是柿種就發芽了。

「快快長高」、「快快開花」、「快快結果」隨著螃蟹的歌聲，柿子樹好像也不想被蟹鉗剪壞似的迅速生長，變得又高又壯，還結了許多紅色的果實。

可是，果實長在高高的樹枝上，螃蟹就是都摘不到。螃蟹站在柿子樹下，忿忿不平地抬頭望柿子，這時猴子來了。

「哇，好快就長出果實了。蟹兄，分我一顆吧！」

聽到猴子的要求，螃蟹便說：

「當然可以。但你爬上樹摘柿子的時候，也要丟些成熟的紅柿子給我。」

猴子手腳俐落地爬上樹，摘下看起來很美味的柿子獨自享用，還把青澀堅硬的果實，以及自己吃剩又沾滿口水的殘渣扔給螃蟹。

螃蟹見狀便心生一計。

「喂，猴兄、猴兄。不管你的身體再怎麼輕巧，肯定還是沒辦法在那棵樹上倒立吧？」

「你胡說！我怎麼可能辦不到！」

猴子毫不猶豫地就在樹枝上倒立，這時，他藏在懷裡準備要吃的熟柿子也紛紛掉到地面上。螃蟹急忙撿起那些柿子，一溜煙地逃回自己家中。猴子怒氣沖沖地追過去，還將屁股朝著房子的破損處，威脅螃蟹如果不交出柿子，就要拉屎在螃蟹家裡。但螃蟹反而用蟹鉗去剪猴子屁股，嚇得猴子趕忙逃回山上。

「給我記住！等我找來我那幫不好惹的猴子兄弟，再來跟你算這筆帳！」

猴子臨去之際，還不忘撂下狠話。

螃蟹有好一陣子都很怕猴子來報仇，終日為此哭泣，於是栗子、蜜蜂、草席釘針、牛糞以及石臼就上門關心，問他到底怎麼了。螃蟹便哭著說自己害怕猴子上門尋仇。

「猴子真是太卑鄙了，居然想要以多欺少！」

「既然如此，我們大家一起想辦法，要讓那隻猴子知道厲害。」

螃蟹、蜜蜂、栗子、草席釘針、石臼、牛糞，這些前來關切的村民似乎有點奇特，不過如果這些其實是根據村民的相貌或職業而取的暱稱，就可以用其他角度來看這個故事了。

這麼一來，螃蟹就是臉紅紅的小女孩，而且是父母雙亡的孤兒。欺騙這個女孩的猴子，應該就是住在山上的賣炭男子或樵夫，接下來，就是針對這個男人進行報復手段了。

對螃蟹深感同情的眾人，立刻擬訂計畫，接著藏在螃蟹家的每個角落裡，等待晚上的到來。

天黑之際，終於等到猴子來到螃蟹的家門前。

「喂！臭螃蟹！本猴帶兄弟來找你報仇了！」

事實上，猴子是單槍匹馬前來，但他故意這麼喊想要嚇嚇螃蟹。猴子沒聽到回應，以為螃蟹不在家，便擅自開門進屋，想點燃爐火來取暖。

但是栗子就藏在壁爐裡。

——看我教訓你這個可惡又愛欺負人的臭猴子！——

栗子不假思索地縱身一跳，跳進了猴子的眼睛裡。

啪！

「哇啊啊啊啊！」

猴子只感覺到眼睛一陣劇痛，雙手覆住臉滿地打滾。

——你一點都不瞭解弱者的痛苦！——

接著，藏在榻榻米裡的草席釘針，瞄準猴子屁股，用銳利的針尖戳進去。

滋！猴子屁股的肌肉裂開，草席釘針的尖針深深地鑽進屁股肉裡。猴子只感覺到他連屁股都像被火燒到一樣疼痛。

「水、水在哪裡！」

猴子想要找水來洗眼睛，並給灼痛的屁股降溫，於是爬著來到廚房。他伸手想探進水桶裡，蜜蜂卻躲在裡面正等他來。

——讓你更痛苦一點！——

蜜蜂螫了猴子想撈水而伸出的手。

猴子痛得大叫，被叮的手慢慢腫成原本的好幾倍大。

「啊啊啊啊啊！」

猴子一邊哀嚎，一邊逃出房子。

——還要更痛苦一點！——

受到同伴順利達成任務的鼓舞，門口的牛糞已經雙眼發亮，好整以暇地等著了。猴子踩到牛糞立刻滑倒，臉用力地撞上地板，完全沒辦法站起來。

——你這種壞蛋，消失最好！——

最後，在屋頂上靜待時機的石臼，瞄準了倒地不起的猴子頭部，一躍而下。那聲鈍重的撞擊聲，比任何柿子熟了之後掉在地面上的聲音，都要響亮得多。

見石臼下緩緩流出鮮血，從頭到尾一直躲著的螃蟹這才走出來。栗子、還扎在猴子身上的草席釘針、石臼也紛紛離開猴子身上，眾人雖然一句話都沒說，卻都因為激動而脹紅著臉，圍繞著鮮血淋漓的猴子屍體。

這則故事的主題是「報仇」，但眾人對猴子所採取的報復手段，真的與猴子犯下的惡行成正比嗎？雖然嘴上叫囂著「要找同夥來算帳」，但猴子終究還是單獨赴會。這點躲在旁邊觀看的螃蟹應該當下就知道了。

細究「猿蟹大戰」的內容，其實是群眾打著正義旗幟所造成的一樁悲劇。蜜蜂等同伴們一開始想要幫助螃蟹，也只是因為看不過去欺負弱小這種事，才會如此義憤填膺。但是在大家制裁猴子的過程中，原本「要懲戒猴子讓他不敢再做壞事」的初衷，反而透過霸凌感受到自己的情緒被淨化了。這麼一來，便再也沒人可以阻止慘事發生。

從猴子所做的壞事來看，這個故事應該要在他衝出屋外落荒而逃時就劃上句點，但是「以牙還牙」到最後終究還是演變成血淋淋的集團私刑。

喀擦喀擦山

化身復仇厲鬼的兔子

讓老爺爺喝了婆婆湯的狸貓

很久以前，有一對感情很好相依為命的老夫婦。某天，老爺爺種田時抓住了在田裡搗蛋的狸貓，還把牠牢牢綁起來。

「老太婆，我抓到煩人的狸貓了，晚上煮狸貓湯吧！」

老爺爺交代完，又回田裡工作了。

老奶奶動手準備做飯，正在用杵搗米時，聽到狸貓的哀求。

「婆婆、婆婆，替我鬆開繩子吧！我可以幫忙搗米哦！」

於是老奶奶就替狸貓鬆綁。但當狸貓一拿到杵，忽然就把老奶奶的頭按進臼裡，再用杵拼命搗爛。老奶奶的後腦骨頭碎裂，凹陷下去。狸貓再把老奶奶翻回正面，拿起菜刀細心地把還黏著一點肉的臉皮割下來。狸貓完整割下老奶奶帶肉的臉皮之後，又把那張臉皮蓋在自己臉上，假扮成老奶奶。

傍晚老爺爺一回到家，就聞到令讓人垂涎三尺的食物香味。

「老頭子，我煮了好吃的狸貓湯，你多吃點啊！」

老爺爺非常高興，一連吃了好幾碗。

「雖然比起之前煮的狸貓湯，肉質是硬了些，但還是好吃、好吃！」

假扮成老奶奶的狸貓等到爺爺吃飽放下筷子那一刻，立刻掀開蓋在臉上的老奶奶臉皮，動作誇張地逃出屋子。

「活該！活該！老爺爺喝了婆婆湯！他喝了婆婆湯！真正的婆婆在鍋子裡哦！」

爺爺聽了大吃一驚，趕忙到廚房去看看鍋子，只見滿是鮮血的鍋裡是滿頭白髮的老奶奶的頭。被剝下臉皮的臉呈現赤裸裸的鮮紅，臉上仍留著一對眼睛，彷彿很傷心地看著老爺爺。一旁更四散著許多還帶著一點肉末的骨頭。

「天啊！我居然吃了老太婆！我吃了她！」

老爺爺伸出顫抖的指尖，想要碰一碰老奶奶的頭骨，但那樣子已經完全看不出她還在世時的殘影，因此老爺爺怎麼也摸不下去。他雙膝跪地，垂下頭不停地流淚。這時，路過的兔子聽見老爺爺的哭泣聲，問出了來龍去脈。

「可惡的壞狸貓！老爺爺，我一定會替你報仇！」

兔子怒不可遏地對老爺爺說。

《喀擦喀擦山》在全日本都有類似的故事，但其中也有不少是將上述的前半段，以及兔子去找狸貓報仇的後半段，兩部分獨立分開流傳敘述。若原本為兩則獨立的故事，為什麼要特別拼湊在一起呢？我們繼續看下去，釐清其中的緣由吧！

兔子的激烈復仇手段

兔子決心要替老奶奶報仇之後，就來到狸貓的住處，對他說道：

「我要去山裡割茅草，你要不要一起去？」

狸貓正閒著沒事做，就開開心心地跟著出發了。牠們割完茅草之後，各自把茅草背起來走下山。過了好一會兒，兔子哭著說道：

「我的凍瘡裂了，腳好痛！腳好痛啊！」

於是狸貓把兔子連同牠身上的茅草一起背起來。兔子坐在狸貓的背上，開始點起打火石，發出「喀擦、喀擦」的聲音。

「兔兄、兔兄，我好像聽見有聲音『喀擦、喀擦』作響，那是什麼聲音？」

「這座山就叫做喀擦喀擦山，當然會有那樣的聲音啊。」

狸貓接受了這個解釋。過了一會兒，茅草點燃了，火也越稍越旺。

「兔兄、兔兄，我好像聽見有聲音『劈哩啪啦』作響，那是什麼聲音？」

「那是住在喀擦喀擦山裡，名叫劈哩啪啦鳥唱歌的聲音。」

狸貓再度毫不懷疑地接受這個解釋。眼見火勢越來越大，兔子趕快跳下狸貓的背逃跑了。最後大火燒到狸貓的背，狸貓趕忙想放下茅草，但茅草被繩子牢牢綁在狸貓身上，狸貓怎麼也解不開。牠手忙腳亂半天，火舌已經燒到牠背上的毛了。狸貓拚命在地上打滾想要撲滅火勢，最後終於撲滅時，牠的背上也被大片燒傷。不只如此，身上還因為打滾而有無數的擦傷跟挫傷。

狸貓痛得幾乎喘不過氣，勉勉強強地總算回到自己的巢穴。但牠不管怎麼躺怎麼睡，擦傷跟燒傷都會碰到地面，造成的劇痛難當。

正當狸貓疼痛呻吟時，剛逃走的兔子又來了。

「可惡的兔子，都是你害我變成這樣的，看你要怎麼賠我！」

「唉，那是割茅草的兔子幹的，我是辣蓼山的辣蓼兔子，跟我沒關係。」

狸貓想著原來自己錯怪人了，這時辣蓼山的兔子又說：

「你背上的燒傷很嚴重啊，我剛好有帶來用辣蓼葉做成的藥膏，就給你背上塗一點吧！一開始可能會有點刺痛，但這可是很有效的萬能藥膏哦！」

兔子在狸貓的背上塗了厚厚的藥膏，但其實那根本就不是藥，只是把辣蓼葉跟加了很多鹽的味噌混和調製的東西。狸貓背上的傷別說好轉了，還越來越疼痛。他根本沒辦法好好待著，只能不停翻滾掙扎，但這麼一來又會拉扯到其他傷口。狸貓痛昏過去好幾次，最後終於想到辦法，跑去河邊把身上的味噌洗掉。

儘管疼痛並沒有因此完全消失，好歹也減輕一些了。他抬起頭，只見剛剛那隻兔子居然又在河堤上削著杉木。

「可惡的兔子！你剛才居然敢在我背上亂塗東西！」

「你說的一定是辣蓼山的兔子吧？我是杉山的杉樹兔子，向你保證沒幹過那種事。」

狸貓再度輕易地被他矇騙過去。

「所以你到底在幹嘛，杉山的兔兄？」

「我要用杉樹做一艘船。這艘船可以划到河川的正中央，到時候不管是山女鱒還是什麼魚都捉得到哦！」

「哦，可以捕魚嗎？那也讓我搭吧！」

「不行，這艘白色是我白兔專用。既然狸貓是黑色的，我就替你做一艘黑船吧！」

兔子用杉木做好小船之後，再利用黑泥巴混著小便隨意捏一捏，替狸貓做了另一艘船。

隨後兩隻分別搭上做好的兩艘小船，划向河中央。來到越來越深的河潭上方時，狸貓那艘已經吸飽了水的小船，一口氣全化開來，狸貓也跟著泡進河裡。

「救命！救命啊！兔兄！」

狸貓在河裡高舉雙手拼命呼救，可是兔子卻看準了每次狸貓浮出水面的瞬間，用撐竿戳他的額頭，同時說道：

「狸貓兄，來，給你，快抓好這竿子、快抓好這竿子。」

兔子說話聲音輕柔，冰冷的臉上卻毫無表情。

儘管狸貓拼命掙扎著想要抓住撐竿，卻發現兔子伸來的竿莫名就是避開狸貓的手，不停地戳牠的額頭。狸貓還以為是河水過於湍急，讓兔子不好平衡的關係。等最後力氣終於耗盡，狸貓也逐漸下沉。

狸貓濺起的水花眼看著越來越微弱，最後河面再冒出幾顆泡泡後，狸貓也徹底沉入冰冷的水底了。

狸貓一死，兔子剛才還不靈活的動作就有了巨大轉變，牠俐落地撐著竿，同時操縱船隻和運送狸貓屍體朝岸邊划去。一直躲在岸上陰暗處看著一切的老爺爺，默默現身。

船一靠岸，兔子與爺爺就彼此相視，露出會心一笑。兩人拖著狸貓回到家中，煮了一大鍋狸貓湯。最後一邊看著掛在牆上的狸貓皮，盡情飽餐了一頓。

各位請重新把前半部與後半部視為獨立故事，再看一遍。前半部狸貓的行為，與後半部兔子的舉止都殘酷得令人印象深刻，也是故事最吸引人之處。但是這樣兩則獨立的故事，最終結局都悽慘得毫無希望。只有將兩則故事結合在一起，才能讓做壞事的狸貓遭受懲罰，並給兔子一個正當理由去殘害狸貓。

牛方與山姥

被鍋子徹底煮熟的山姥

被追殺的牛方

有位年紀老邁的牛方[2]，某天接受了一個老闆的委託，要去購買過年用的魚貨。當他行經山間林道時，天色逐漸昏暗，四周只剩下冷風吹拂的咻咻聲。這時，牛方身後忽然響起一道沙啞的聲音。

2 古代日本的職業名，利用牛隻運送貨物的跑腿人

「牛方，給我魚吃。」

牛方回過頭，見到一個樣貌嚇人的山姥[3]，瞪大了充滿血絲的雙眼，緊盯著牛方運送的貨物。

牛方渾身發抖，伸手從台車的草席上拿出一條魚遞給山姥。

山姥三兩下就把那條魚從頭到尾吃得一乾二淨，又向牛方討了第二條。牛方一條接一條地拿給山姥吃，最後魚都被吃光了。即使如此，山姥仍是吐著沾滿魚油的鮮紅舌頭，死盯著牛方不放。牛方驚覺山姥可能連自己都想吃掉，便不顧一切地逃跑了。他一邊跑一邊回頭，發現山姥正撲向還拉著台車的牛，從牠的後腿開始一口一口大吃起來，牛的淒厲哀嚎聲也乘著微風聲聲傳來。

這是一則日本各地皆有流傳的民間故事。不過包括牛方運送的貨物，山姥追趕人的光景，以及故事的結尾，各地方都有不同的版本。在東北地方的版本中，牛方沒那麼簡單就逃走，他無論穿過原野越過高山，或是海邊、芒草原、河畔等，山姥都一路追逐，不死心地到處找他。話雖如此，但每個版本裡的牛方到最後都還是成功擺脫山姥，並對其展開報復。

3　古代日本對住在山裡的鬼婆婆之稱呼

山姥的地盤

牛方拼了命地穿過山谷小徑，靠著月光的照耀沿山路而行。後來終於讓他看到前方有隱隱約約的燈光，他高興地走近那個透著燈光的屋子。可是無論他怎麼叫喊，屋裡就是沒人回應。眼看著山裡越來越冷，牛方只好打開門進屋，在裡面等屋主回來。

等了好一會兒，終於聽到門外響起喀答喀答聲，看來有人正要進門。牛方看了一下，居然就是山姥。

牛方臉色發白，慌忙爬到天花板上躲起來。山姥點起爐子的火，開始烤起餅來。烤餅的香味逐漸飄上來，牛方這才發現自己飢腸轆轆。他一路上被山姥追逐，根本滴水未進。他現在實在餓到發瘋，幾乎忘記了對山姥的恐懼。等到山姥起身去茶水間拿要用來沾餅的醬油時，牛方從天花板上慢慢下到榻榻米，叉起餅一口吃掉。

從茶水間走回來的山姥，當然發現餅不見了。

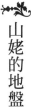

「是誰吃了我的餅？」

「火神、是火神！」

聽到牛方的回答，山姥叨唸著既然被火神吃掉那也沒辦法，於是改煮起甜酒釀。煮了好一會兒，山姥開始打盹，牛方又趁機從天花板爬下榻榻米，拿起甜酒釀喝個精光。

睡醒的山姥又發現甜酒釀沒了，便說：

「又是火神吃掉的嗎？真沒辦法，那今晚就先睡吧！」

牛方聞言趕忙裝出火神的聲音命令道：

「睡在大鍋裡，去睡在大鍋裡。」

山姥聽了就乖乖地鑽進大鍋裡窩好。過了好一會兒，鍋裡便傳來陣陣響亮的鼾聲。

牛方再度輕手輕腳地從天花板上爬下來，迅速蓋上大鍋，並在蓋子上放了顆沉重的大石頭。接著拿出打火石，「喀擦、喀擦」打了幾下把火點著，扔進灶裡。灶裡放的都是枯枝，在這種冷天下早就已經乾燥得很，讓火勢立刻變大。大鍋子也跟著受熱，沒多久就變得紅通通。

鍋子裡的鼾聲忽然停了下來，接著傳來「咚、咚、咚」沉重又巨大的撞擊聲，彷彿有泥鰍在裡面打滾似的，然後又飄出毛髮燒焦的噁心氣味。大鍋上有大石頭壓著，山姥逃不出來，身體撞擊鍋蓋的聲音也越來越激烈。

牛方不停地往灶裡添加樹枝，火也跟著越燒越旺。

轟隆隆

鏗噹、砰噹、鏗噹、砰噹

轟——

詭異噁心的氣味逐漸瀰漫在整間屋子裡，大鍋裡慢慢地再也沒有任何聲音傳出來。牛方拍拍屁股離開了山姥的房子，頭也不回地回家去了。

各地版本中，最常見的結局是把山姥關在櫥櫃裡澆熱水燙死她。此外還有些內容寫道，殺死山姥後檢查她的屍體，會發現那是一隻大型的老狸貓。或許是因為殺人實在過於殘忍，才會改編出這樣的結局吧！

不吃飯的妻子

另一個大嘴巴

不吃飯的女人

很久很久以前，有個超小氣的男人自己一個人住。至於他有多小氣呢？他曾誇口說過：

「老婆娶來就要多個人吃飯，所以我不需要。」

想當然爾，沒有人能夠不吃飯的，所以村民們都認為這傢伙根本沒有娶妻的打算。

可是就在某天晚上，男人家門前出現了一位做旅人打扮的女子，請男人收留她住宿一晚。女子長得非常美麗，但冰冷的臉上毫無表情，而且在月光照耀下，似乎還有點慘白。

「讓妳住一晚沒問題，但我可沒東西給妳吃。」

「是，您願意收留我過夜已經夠了。」

女子當晚真的什麼都沒吃，很快就入睡了。

隔天早上男人起床後，發現女子為了報答他的收留，已經去廚房把飯煮好了。

「我是很謝謝妳，但我沒有多的米可以分妳吃哦！」

「沒關係，我不吃。」

男人用餐的時候，女子就這樣面無表情，默默地坐在一旁。

之後女子並沒有繼續踏上旅途，就這麼在男人家住下。她真的一口飯也沒吃，只是跟著男人一起下田工作，伺候他周身大小事。男人雖覺得很奇怪，但覺得女子長得不差，自己也沒有損失，便索性娶了她。

如果說有什麼讓男人介意的，那就是女子就連在陽光下，臉色還是病態的慘白，另外就是無論男人說什麼，女子都是面無表情。

「喂，你老婆肯定不是人哦！哪有人可以不吃飯的？」

「你看看她那張青白的臉，一點兒都不正常，肯定是個妖怪。」

村民們紛紛這麼告訴他，但男人只是回應道：

「沒問題的，因為她不吃飯，所以臉色當然會白一點。而且笑或哭都會讓肚子餓，冷淡一點也沒關係吧！」

男人完全不當一回事，覺得村人只是見不得他好。

話雖如此，但男人再怎麼吝嗇，見老婆一直都沒打算吃飯，他還是有點擔心。所以有天他假裝出門，實則偷偷躲在天花板的樑上，觀察老婆的情況。

只見獨自在家的老婆，從米倉拿出好多米來開始磨米。接著再打開大鍋子，把米倒進去煮。飯煮好之後，老婆便捏起飯糰。不一會兒大鍋子裡便空空如也，老婆面前則擺了大量飯糰。

老婆盯著這些飯糰，忽然像想到什麼似地把盤好的頭髮放下，再從懷裡拿出梳子，把頭髮往左右兩邊梳開。這麼一來，她的頭頂上似乎露出了高高突起的肉塊。

「那是什麼……」

男人在天花板上努力地睜大眼睛看，等到那個肉塊的樣子清楚地顯現後，他甚至以為自己看錯了。那是兩片血紅色，非常厚的人類嘴唇。兩片嘴唇張開之後，還露出嘴巴裡整齊的白牙。當滑溜的藍黑色舌頭從兩排牙齒中間竄出，舔了舔嘴唇的瞬間，男人恐懼到差點失聲驚叫。

老婆沒有察覺任何異狀，張開頭頂上的血盆大口，把飯糰一個接著一個吃掉。咀嚼時還牽動整顆頭跟著蠕動，頭形一下子變圓一下又變扁。老婆平日那張面無表情的臉，也跟著頭上嘴巴的動作，鼻子一會兒伸長，兩眼距離一下拉開又拉近，扭曲歪斜得令人害怕。

男人渾身不停地顫抖，只能拼命抱緊屋梁不讓自己掉下去。

這名不吃飯的女子，雖然是這個男人心目中最理想的老婆，但肯定不是個普通人類。關於老婆的真實身分，在東日本主流的故事中是頭頂上有大嘴巴的山姥，但在西日本的主要傳說裡，則是隻巨大的蜘蛛。其中屬山梨縣的傳說比較與眾不同。山梨縣的版本中，老婆維持著原本的模樣，但是不只是用嘴巴吃飯糰，還用眼睛、鼻子、耳朵、大腿，甚至背部來吃飯糰。讀者可以想像一下，全身都出現嘴巴，一起咀嚼飯糰，所有皮肉跟著扯動的樣子……

現出原形的山姥

男人發現老婆的真面目之後，覺得不只總有一天米會被吃光，就連自己都會被老婆吃

掉。他偷偷地離開屋裡，在外面等到天黑之後再回家。老婆則像平常一樣，面無表情地迎接丈夫歸來。

「這陣子辛苦妳了，今天就放妳假，看妳要回娘家還是哪裡都可以。」

男人強忍內心的恐懼，這麼對她說。

「既然你都這麼說了，那好吧！」

老婆出乎意料地很乾脆就答應了，讓男人鬆了一口氣。

「可是我離家這麼久，總不好意思兩手空空回去。請你至少讓我帶回一個大澡桶送娘家的人吧！」

男人覺得這個要求真是太簡單了，便替她準備了一只很大的木澡桶。

「那再麻煩你進去澡桶裡面，看看有沒有破損的地方。」

既然老婆都這麼說了，男人便踩進澡桶裡。就在這瞬間，原本長相美麗的老婆，忽然變成醜陋至極的山姥，而且迅速扛起澡桶，以驚人的速度衝出家門。

「蠢貨，你當然就是最好的伴手禮啊！好久沒吃到大餐了，大家肯定很高興！」

男人驚覺自己上當，可是山姥風馳電掣般地狂奔，讓他怕得不敢跳下澡桶。總算等到山姥進入山間小徑，男人發現他們經過許多樹枝的下方，於是他決定不顧一切豁出去，跳到其中一根樹枝上。山姥並沒有發現，還是不停向前疾奔，男人則慌忙地沿著來時路回家。

過了好一會兒，山姥終於發現男人逃走，立刻追了過去。眼見她就要追上，男人慌忙躲進路旁的草叢裡，但山姥一靠近他便停下腳步。

「咦，怎麼變輕了？」

「喂，你躲就在那裡，我可是看得一清二楚呢！」

山姥說著，便朝他伸出手。男人頓覺萬念俱灰，只能緊閉起雙眼。

「哇啊啊啊啊！——」

男人一聽見山姥的慘叫聲，立刻睜開眼睛，只見菖蒲葉插進山姥的眼睛裡，讓她雙眼不斷冒出白煙。男人儘管害怕，卻一動也不敢動。山姥的皮膚從冒煙的雙眼周圍開始逐漸變成紫色，似乎正在腐爛。而且紫色越來越擴大，延伸到脖子、手跟腳。等到她全身都變紫色之後，約莫停頓了半晌，就伴隨著劈哩啪啦的清脆聲響，全身上下出現了裂痕。不過就一瞬間，山姥就像鬧旱災許久且不斷日曬的大地表面那樣，乾涸殆盡了。

原來男人躲起來的地方，四周都生長著茂密的菖蒲與艾草。對於山姥而言，菖蒲與艾草都是劇毒。後來每逢端午節，都要把菖蒲及艾草掛起來驅邪，理由也是由此而來。

摘瘤爺爺

擅長跳舞還是有好處

東施效顰卻失敗的隔壁爺爺

很久以前，某個地方有一個右臉頰長了肉瘤的老爺爺跟一個左臉頰長了肉瘤的老爺爺，他們兩人比鄰而居。兩個爺爺臉上的瘤都大得幾乎蓋住半邊臉頰，而且還是下垂的形狀，在臉頰上遮蓋出半邊陰影，陰沉的形象讓人更是心生畏懼，整個村裡都沒人敢靠近臉上長瘤的爺爺。

兩個爺爺臉上雖然都長瘤，但個性卻南轅北轍。右臉長瘤的爺爺善良開朗，左臉長瘤的爺爺卻陰沉且不太乾脆。

某天，右臉長瘤的爺爺臉上的瘤竟然消失了。隔壁的爺爺覺得奇怪，便去問他是怎麼一回事，右臉長瘤的爺爺說，他在山裡遇到鬼正在舉辦宴會，因為看起來很好玩的樣子，他索性加入他們還跳了舞，對方便摘掉他的瘤當作回禮。

全日本到處都有摘瘤爺爺的傳說，其中不少地方的版本則敘述，聚集在樹洞裡開宴會的並非鬼而是天狗。此外也有版本說是因為肉瘤爺爺的飯糰滾到地上，他一路追進樹洞裡，見到天狗與老鼠在洞內跳舞。自古以來，樹洞似乎就是相當神祕的空間，總能激發人們的想像力。

左臉長瘤的爺爺聽了來龍去脈，便動身進入山裡，也想給鬼做點人情。他先躲進樹洞裡等鬼們的到來。

到了深夜，許多鬼聚集而來，開始舉辦宴會。

「那個很會跳舞的老爺爺今天會來嗎？」

鬼的領袖這麼問道。

事實上，左臉長瘤的爺爺光看到鬼的兇惡外貌就已經嚇得渾身發抖，慾望卻戰勝了他的恐懼，他膽怯地從樹洞裡出來，開始跳舞。但他因為心裡太害怕，而且本來就不太會跳舞，所以即使他很努力地揮舞手腳，看起來還是不太像話。

鬼們則是越看越生氣，為了制止跳個不停的老爺爺，更露出本性地攻擊他。見老爺爺嚇得雙腿發軟，鬼的領袖惡形惡狀地對他說：

「夠了！別再跳了！跳得那麼難看還敢丟人現眼！害我酒都醒了！上次幫你保管的重要肉瘤，就還給你吧！」

說完，鬼領袖便把從正直老爺爺臉上摘下來的肉瘤往他臉上一扔，一眨眼的功夫，肉瘤便牢牢固定在這位老爺爺的右臉頰上了。

不只如此，鬼還用粗壯的手臂對他飽以老拳，老爺爺的臉被打得跟紅石榴一樣支離破碎滿臉鮮血，分辨不出五官的樣子。

「看在你上次跳舞跳得好的份上，先饒你一命，下次再讓我看到你，你就別想活了！」

如今兩邊臉頰都長了肉瘤的老爺爺，奄奄一息但總算是地爬回自己家裡，從此以後便大門深鎖，終生不再與他人往來。

小矮人、妖精、妖怪、仙女來醫治（或取走）人類身上的瘤，在全世界都有類似的傳說。而這類故事在日本最古老的起源，據說就是十二世紀末至十三世紀初完成的《宇治拾遺物語》裡的這則《摘瘤爺爺》。

育兒幽靈

死不瞑目的母親

在墳墓裡出生的孩子

從前在某座村子裡，有一對夫妻獨立經營一家糖果店。某天夜晚，老闆娘關好門打算睡覺時，卻聽見「咚、咚、咚」的敲門聲。

老闆娘疑惑這麼晚了會是誰在敲門，於是把門打開，只見有張蒼白的女人臉浮在黑夜之中。老闆娘嚇得差點暈過去，再仔細一看，原來是一名長髮女子佇立在門前。女人用幾乎聽不見的聲音開口道：

「請給我糖果。」

老闆娘沒見過這名女子，也很奇怪怎麼會有人在這個時間來買糖果，但終究沒多問就把糖果賣給女子。

隔天、再隔天，接著又過了一天，每天這名女子都會在半夜出現買糖果。老闆娘百思不解，裝作不經意地向女子探聽她的來歷，但女子蒼白的臉只是報以微笑，並沒有回答老闆娘的問題。

見女子態度如此，老闆娘忍不住心裡怪異的感受，於是開口央求老闆：

「老公，你今天跟著那個女人身後去看看，確認一下她到底往哪裡去。」

老闆同樣也覺得詭異，也很想知道女子的來歷，便答應妻子的要求。

當天到了晚上。

女子照例前來買糖果，拿了裝糖果的袋子便離去了。隔了一會兒，糖果店的老闆也跟著走出家門。老闆在黑夜中仔細找尋女子到底往哪個方向走，只見月光下一個模糊的白色人影走著，彷彿就要融入夜色中。老闆小心翼翼地不發出腳步聲，緊跟在白衣女子的身後。女子似乎真的沒發現被跟蹤，一次都沒有回頭看，只是迅速地往前走。女子速度快得很，老闆一個大男人還需要小跑步才能跟上，但詭異的是女子的身形似乎不因狂奔而有劇烈晃動，只是筆直地前行。

走了好一會兒，女子來到村外一處寺廟前。過了這座寺廟之後，直到鄰村前的一路上都不會有人煙。

「是鄰村的人嗎？但何必這麼晚還特地跑來？」

正當老闆覺得不解時，女子走進寺廟大門，直接通過大堂旁，消失在寺廟深處。但寺廟後方只有一片墳地。

男子又驚又懼地環顧一下大堂周圍，所有的門都是關好的，並沒有任何女子進入的跡象。

這時，響亮且激烈的嬰兒哭聲忽然響起，老闆仔細去聽，發現是從墳地那裡傳來的。

「有棄嬰嗎？」

儘管老闆很害怕，卻也無法置之不理，他膽怯地踏入墳地，朝聲音傳來的方向靠近。

但當他幾乎已經抵達聲音的來源，卻四下看不到有什麼嬰兒。老闆正覺得奇怪，只見腳下附近有個特別高的土堆。

「莫非……」

嬰兒的哭聲正是從這個土堆裡面傳出來的。一陣可怕的寒意從老闆的腳底竄了上來，蔓延至他全身。下一瞬間，老闆已經連滾帶爬地跑向寺廟大堂。

「師父！師父！不得了啦！請快點開門啊！」

老闆邊說邊用力敲打大堂的門。

「這麼晚，施主是怎麼了？」

見和尚手執蠟燭來開門，老闆幾乎是哭喪著臉說明來龍去脈，並帶著和尚來到土堆。

和尚看到他所指的位置，臉色倏地一變，開始喃喃念經。

「到底是怎麼一回事？」

在老闆的詢問之下，和尚才這麼回答：

「這是鄰村一個年輕媳婦的墳。她本來高高興興地在等臨盆了，上個月卻忽然急病過世。大概是那股執念還遲遲不肯放下吧，真是可憐。」

接著，和尚便替她誦了整晚的經文。

隔天，廟方決定挖墳開棺。當他們打開棺蓋時，棺木內是已經發黑腐爛還露出白骨的女子屍體，一旁還有個活生生，緊挨著屍體正在嚎啕大哭的嬰兒，嬰兒的嘴邊黏著一顆還在舔的糖果。

「這孩子應該是她死後才生下的。可是擔心孩子跟著她死，所以母親化為幽靈去買糖養他。」

和尚全心全意地對母親的遺體誦經超渡。後來，糖果店的夫妻也收養了這名嬰兒。

這是無論在傳說或民間故事都出現過的一則故事。其中同樣流傳這則傳說的福島縣伊達郡保原町的東光寺內，實際上還保存了一幅這名女幽靈的掛圖。

另外部分地方流傳的版本，故事結尾會加一段提醒：「因此只要是懷孕期死去，就要剖腹先把小孩取出來一起安葬。」實際上在日本歷史中，的確曾有過某時代的葬禮是如此處置。而在一旁的朝鮮半島上，則有著類似的民間故事，內容是「活著的女孩進入死去的男人墳裡，並懷了孩子」。

安達高原的鬼婆婆

對親生女兒下毒手的母親

食髓知味的乳母

在日本飛鳥時代[4]末期，京都有個名叫岩手的女孩，嫁給她的鄰居。但她跟婆婆處得不好，便帶著獨生女回娘家去了。後來她透過介紹，到京都某公卿家去當乳母，幫忙哺育公卿家的官小姐。

由於岩手每天給小姐餵奶，慢慢地把小姐看得比自己的女兒還重要。但日子一天天地

4 西元538～710年，七世紀前後

過去，岩手越來越擔心這位小姐的情況，因為小姐到了四歲，還不曾開口說話。

「我家小姐怎麼可能會比不上別人！」

岩手實在過於擔憂，便去找了占卜師來詢問。

「只要吃了活人的肝，小姐很快就會講話了。」

於是岩手離開了京都，前往陸奧地方[5]去找活人的肝。才剛走進二本松的山路，四周天色也逐漸暗下來。岩手鼓起勇氣攻擊走在不遠前方的旅人，抓了他的頭去撞一旁的大岩石。

旅人被她這麼一突襲，立刻就撞昏失去意識。

岩手拖著旅人的身體，躲進了旁邊廢棄的小屋裡。她剝下旅人的衣服，然後環顧了一下小屋，發現角落有一把生鏽的柴刀，於是走去拿過來，使盡吃奶的力氣朝旅人的側腹用力砍下去。

「噗滋！」

旅人的身體發出鈍重的裂開聲響，鮮紅色的血液迅速噴出。旅人顫抖了幾下，便白眼上翻一命嗚呼。岩手害怕地伸手探進有如裂開紅石榴般的旅人腹部，把還有體溫，濕濕滑滑的新鮮肝臟取出來。

5 現今日本東北地區的東側

「真的吃了活肝，會不會對人的身體不好呢？萬一讓公主吃了，害她抽筋或生病可不好。」

岩手想了想，把活肝拿得更靠近，想看清楚一點。她覺得血腥味中不知為何還帶著香甜的氣味，她忍不住眼前的誘惑，不假思索一口咬下，不消多久就把那顆活肝吃得一乾二淨。吃完之後，岩手便在陰暗的小屋內倒頭呼呼大睡。

隔天早上岩手醒來，發現門外日光耀眼得讓人眼睛睜不開。她就像在沙漠中飢渴的旅人般，強烈地渴望再度品嚐到鮮血淋漓的人類肝臟。

於是岩手把廢棄小屋當成巢穴，專門攻擊行經山路的旅人並吃掉他們的肝臟。不知道過了多少歲月，某個月夜岩手望向井水，看到自己的模樣讓她倒吸了一口涼氣。

井水映出來的她，長髮極為散亂，只有頭髮下的雙眼發出光亮，牙齒尖得就好像野獸獠牙一般，整個人看上去猶如惡鬼。已經愛上活肝滋味的岩手，變成了名符其實的鬼婆婆。

留在屋內的妻子的身世祕密

之後又到某個夜晚，一對年輕夫妻造訪了岩手的小屋。他們表示天色已晚，一時找不到旅店投靠，希望岩手收留他們一夜。

岩手簡直不敢相信自己的好運，開心地迎接兩人進屋。

可是到了半夜，年輕妻子忽然腹痛不已，丈夫見狀便慌忙出門去村子裡買藥。岩手假意要照顧年輕妻子，緩緩靠近她。

「我來給妳拍拍背吧！」岩手把生鏽的柴刀藏在身後，悄悄靠近年輕妻子。年輕妻子因畏懼痛而緊閉雙眼，完全沒發現岩手的企圖。岩手接著用足力氣，舉起柴刀朝年輕妻子的側腹部砍下。

啪！

柴刀插進了年輕妻子的側腹部，但因為出手歪了，所以沒有把整個肚子剖開。

年輕妻子沒有明白過來發生什麼事，只是瞪大雙眼看著自己猶如熟柿子般裂開的側腹部。

「我要吃掉妳的肝臟！」

岩手聲音尖銳地說完，年輕妻子才回過神來，明白自己命不久矣，於是靜靜地開口說道：

「我的母親是京都一位名叫岩手的女子。因為聽說她來到陸奧，所以想再來見她一面，也想讓她見見我的夫婿。可惜我的願望無法實現，現在就要死了。」

岩手聞言，趕忙重新檢查了年輕妻子的行李，竟在裡面找到自己離開京都時，留給自己女兒的臍帶，眼前無庸置疑，就是自己的親生女兒。

岩手抱著已經氣絕身亡的女兒，頹坐在屋子裡，這時買好藥的年輕丈夫回來了。但他見到昏暗中老婆可怕的死狀，還有變黑的一灘血海，嚇得頭也不回地離開了小屋。

岩手終究還是不忍吃下親生女兒的肝，便在小屋旁造好一座墳，埋葬了女兒。

安達高原的鬼婆婆這則故事，是連古老的《拾遺和歌集》裡也曾出現過的遠古傳說。後來也被編成歌謠，還成為淨琉璃以及能劇[6]的題材，是日本幾乎家喻戶曉的故事。故事最早主要的內容本來是這樣的：有個入山修行的僧人，來到一處屋子投宿，因為女主人出門，不禁破戒偷窺了女主人的閨房，卻發現房間裡面堆滿屍體，於是慌忙逃走。女主人則現出鬼婆婆的真面目去追殺僧人，後來被僧人誦經降伏。而本篇介紹的故事，則是江戶年間為了淨琉璃演出而改編，描述因果報應的劇目。有些地方上的傳說便承襲了這個版本。此外，現今的福島縣安達郡仍供奉著鬼婆婆傳說的黑塚。

6 「淨琉璃」、「能」都是日本傳統表演藝術

【第4章】

動物們的復仇故事

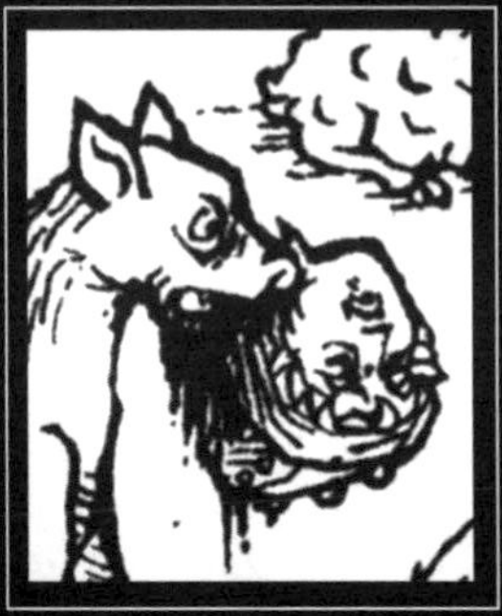

哈美爾的吹笛手

發生在小鎮裡的悲劇
（摘自德國民間故事）

為什麼老鼠如此受人嫌惡

很久以前，某國有個名為哈美爾的小鎮。鎮上的人們原本過著和平快樂的日子，某天邊境卻出現大量的老鼠。

鎮民不堪其擾，紛紛去向跟鎮長投訴。

鎮長保證會拿出解決辦法，好說歹說讓鎮民勉為其難先回家去。接著召集其他職員開會討論，但眾人想破頭也不知該如何是好。

這時有名陌生男子，身穿一襲異國風的長衣衫，拿著角笛走了進來。

「鎮長，您看起來似乎很苦惱。如果您信得過我，我可以把鎮上的老鼠一隻不剩地趕跑。」

「你說什麼？憑你一己之力，要如何趕走那麼多老鼠？」

「只要我一吹這支笛子，生物們都會乖乖聽我的話。」

鎮長雖然一點也不相信他，但現下也沒有更好的辦法了，只好姑且讓男人去試試。

「不過我有個條件。」

男人接著說道。

「如果我成功趕跑了老鼠，就請獎賞我一千古爾登[7]。」

儘管一千古爾登並不是一筆小數目，但鎮長與鎮上職員們都認為只要能讓城鎮免於鼠患，這樣的酬勞非常划算。而且他們也都不認為這個男人真的能夠搞定鼠患，便想也不想就答應了。

「一千古爾登太便宜了！如果老鼠全都消失的話，我們多付你五十倍！」

男人聞言走出建築物，拿起角笛抵在唇邊，吹奏起能讓嚴肅的人也會放鬆嘴角的輕柔音

7　德語：gulden，德語區的古貨幣之一

樂。而彷彿深受音樂吸引似的，老鼠們紛紛從鎮上每棟房子裡走出來，聚集到男人的跟前。漸漸的，老鼠的數量越來越多，從男人腳邊延伸到鎮長家門前的道路，被灰色的老鼠們佔滿，甚至看不到道路上砌的石板了。聽到笛聲覺得好奇的鎮民紛紛打開窗戶探頭出來觀望，也為眼前的景象吃驚不已。

等到這些老鼠們想進一步接近笛聲，在男人腳下爭先恐後踩踏相疊時，男人便邁開步伐緩緩前行，而大量的老鼠也跟著他走。佔滿道路的老鼠們朝著同一方向移動，看上去猶如一條巨蛇正往前扭動爬行般駭人。

對這幅景象感到好奇的鎮民們，也紛紛跟在老鼠隊伍的後方，想知道情況會怎麼發展。眾人走啊走著，來到城鎮外的一條大河旁。男人在河邊停下腳步，還是繼續吹著笛子。只見跟在男人身後的老鼠們，一隻接一隻地往河裡跳。無數小小的水花跟著濺起，老鼠們先是紛紛沉入水底，被水沖走一會兒就翻白肚浮出水面。這下子輪到河面變成一條白色大蛇。

等到最後一隻老鼠也跳河之後，男人回到鎮上來到鎮長家，開口道：

「鎮長，我把老鼠一隻不剩地消滅了，請支付您答應給我的五萬古爾登。」

在中古世紀歐洲，鼠患猖獗與嚴重的鼠疫有很深的關係。

鼠疫別名「黑死病」，是一種會引發各種症狀的可怕傳染病。不斷地咳嗽，同時咳出帶血的痰，肺積水引發呼吸困難，鼠蹊部等處的淋巴結嚴重腫脹，腫脹處還會破皮流膿……病情嚴重時，病原菌會入侵血管，造成全身多處瘀血，皮膚出現黑紫色斑點，因此臉部跟身上都會有黑色斑紋。病情進展到這個地步之後，不出幾天就會休克死亡。十四世紀在歐洲爆發的黑死病大流行，就造成了三千五百萬人死亡，等於是每三人就會有一人死於這種病。當時沒有任何預防及治療方法的黑死病，病原菌的傳染途徑就是老鼠。

而這種疾病的可怕之處不僅如此。因為周遭人們陸續死去帶來的恐懼與混亂，造成人們集體恐慌，路上不乏看到有些鞭打自己或是他人身體的人，自稱「鞭笞苦行者」。有些人則會陷入半瘋狂狀態，拼命揮舞手腳跳著「死亡舞蹈」。此外，還有謠言繪聲繪影地說是異教徒猶太人到處下毒造成這場瘟疫，因此也出現了大量虐殺猶太人的行徑。

從上述的時空背景來考量，就不難理解這則故事中的人們為何如此忌憚老鼠了。

消失在山裡的孩子們

其實鎮長就混在人群中跟過去看熱鬧，也已經知道男人是真的消滅老鼠了。可是鎮長拿不出五萬古爾登這筆鉅款，苦惱之餘便想出了推託之詞。

「那是神明的力量讓老鼠們自己跳水的，並不是你的功勞。再敢有怨言我就治你死罪！」

說完，鎮長還命令公差拿劍指著男人。

男人用冷靜的雙眼盯著鎮長，開口說：

「好吧，那我也不要錢了。但你們一定會後悔的。」

男人一走出鎮長家，緩緩深吸了一口氣。接著輕輕把角笛抵在嘴邊，開始吹奏音樂。這次跟剛才的曲調又不一樣，是輕快又讓人雀躍的旋律。

接著家家戶戶的小朋友，則跟剛才的老鼠一樣紛紛跑出家門。他們手牽著手，帶著紅撲撲的臉頰聚集到男人身邊。大人們見狀非常驚慌失措。

「孩子們，快回來，不可以跟著他走！」

可是沒有一個孩子回頭。還配合男人的笛音，小跳步地跟在男人身後走。大人們只能神色不安地一路跟過去。一行人來到岔路前，只見男人帶著孩子們往山裡去，讓大人暫時鬆了口氣，便也不再追過去。

「沒事了，至少不是往河邊去，進山裡總不會溺死。」

雖然這麼說是沒錯，但他們卻想得太簡單了。

從鎮郊遠遠旁觀的大人們，腳下忽然傳來陣陣低沉的地鳴聲，接著地面開始輕微搖晃，然後逐漸變得劇烈，最後搖晃程度讓大人們站都站不穩。大人們勉強又奮力地支撐著自己，只聽見有人大喊：

「你們看！山裂開了！」

大人們聞言看過去，全都瞪大了雙眼，平日見慣又一成不變的山，中間開了一個黑暗無邊的空洞，看上去非常詭異。而那群孩子們仍踩著輕快的腳步，一個接著一個被吸引進黑洞裡。

孩子們的父母拼了命地叫喚他們的名字，但聲音當然傳不到他們耳邊。大人們想跑去阻止，地面劇烈的震動卻讓他們連站都很困難，只能趴在地上束手無策。

等到一群孩子全都走進山上的裂口之後，山又恢復了原本的面貌。

山的裂口一關閉，剛才的地鳴聲與地震彷彿不曾發生過一樣，瞬間平靜下來，整座小鎮也安靜得令人毛骨聳然。

大人們回過神，立刻拿了鏟子、鐵鋤進入山裡。接下來的每一天，即使太陽西沉，大人們仍是在山上的每個角落瘋狂挖掘。但那也只是讓山坡多了許多坑洞，全都是徒勞無功。

綠意盎然又閑靜的中世紀鄉下小鎮，某天忽然發生孩子們集體消失的事，在日本稱為「神隱[8]」。十三世紀德國的某個鎮就實際發生過這樣的事件，而且還是一百三十個孩子集體失蹤。到底為什麼會發生那樣的事？那些孩子又去了哪裡？至今仍是不解之謎。

無論是鼠疫或是兒童失蹤事件，都隱含著滅村滅鎮的意思。結合歷史真實事件及嚴重鼠患兩種人們心中深層的恐懼，才會誕生這麼一則故事。

8 意指被神藏起來

大野狼與七隻小羊

在肚子裡塞滿石頭
（摘自格林童話）

大野狼的真面目

有一隻羊媽媽跟她的七個孩子住在一起。羊媽媽非常疼愛孩子們，一直都守護著他們，不讓想吃小羊的大野狼有機可乘。

某一天，羊媽媽要出門去覓食，就把小羊們都叫到跟前來。

「孩子們，媽媽現在要出門覓食，必須把你們留在家裡。媽媽不在的期間，你們要特別提防大野狼，大野狼很會假扮成別人，你們別把他錯認成媽媽還放他進門。萬一讓大野狼進門，他會吃掉你們的。大野狼的聲音又粗又難聽，前腳還是黑色的，我想聰明的你們肯定分辨得出來哦！」

羊媽媽叮嚀完之後就出門去了。過了沒多久，大野狼果然來到他們家門口，對小羊說：

「孩子們快快開門，媽媽帶了好多很棒的東西回來囉！」

七隻小羊卻說：

「你才不是我們的媽媽。你的聲音沙啞又難聽，媽媽的聲音比你的溫柔好聽多了。你是大野狼，我們不會開門的。」

大野狼悻悻然地離去之後，前往鎮上的商店。他買了一大塊粉筆灰吞下肚，讓自己的聲音變得又尖又細。接著回到七隻小羊家，站在門口細聲細氣地叫他們。

「可愛的孩子們，媽媽真的回來囉，快打開門來看看你們的禮物。」

可是大野狼卻把黑黑的前腳搭在窗邊，七隻小羊看到之後便說：

「你怎麼敢說你是我們的媽媽？媽媽的腳像雪一樣白，你的腳卻是黑的。你是大野狼，我們不會開門的。」

大野狼再度返回鎮上，來到麵包店。

「喂，賣麵包的。快把麵糰塗在我的前腳上。」

大野狼在前腳塗好麵糰之後，接著又前往麵粉店。

「賣麵粉的。快把麵粉塗在我的前腳上。」麵粉店老闆本來打算拒絕大野狼的要求，但大野狼卻露出尖銳的獠牙恐嚇他，老闆只好無奈地服從。

大野狼再一次回頭去找七隻小羊，對他們說：

「孩子們，放心吧！媽媽現在是真的回家了。」

七隻小羊聽到他的聲音，也看到搭在窗邊的雪白前腳。

「這次真的是媽媽！」

小羊們開心地打開門，卻見大野狼闖了進來。小羊們一發現是大野狼，便慌忙地分散開並躲起來。

他們分別躲在桌子下、床下、壁爐中、廚房、櫥櫃裡、大缽下、還有柱鐘裡。

可是大野狼卻逐一找到他們，一找出來就一口吞掉。

最小的羊躲在柱鐘裡，聽到哥哥們被吃掉時發出的慘叫聲，只能害怕得渾身發抖。不過幸運的是大野狼到最後都沒找到他。

「真奇怪，我記得有七隻啊……」

儘管大野狼感到疑惑，但反正自己也吃很飽，就心滿意足地走掉了。

我們來探討大野狼的部分。

中世紀的西歐地方，森林是相當危險的場所，因為會有無家可歸且無業的流浪漢住在裡面。此外還有窮人、不願迎合社會規範的邊緣人等，換句話說，也可能是罪犯或潛在罪犯躲藏之地。所以一旦迷路誤闖這些人聚集的森林裡，就會有財物遭搶、被侵犯，甚至殺害的危險。

這些人有時候會跑到鎮上或村子裡幹下一堆壞事，這樣的行為舉止，與偶爾會襲擊人類聚落的大野狼相當雷同。

羊媽媽的殘酷復仇

不久之後，羊媽媽回家了。她一看到屋子內凌亂不堪，馬上明白大野狼已經來過。

「天啊！怎麼會這樣呢！大野狼把我的孩子們都吃掉了嗎？」

這時，柱鐘的蓋子忽然打開，最小的小羊從裡面跑出來。

「媽媽！哥哥們都被大野狼吃掉了！」

小小羊哭著把這場悲劇的來龍去脈告訴媽媽。

這個時候，飽餐一頓的大野狼來到一片綠油油的草地上，在日光下舒服地躺著，沒多久就沉沉睡去。

羊媽媽聽了小小羊的描述之後，認為孩子們都是被一口吞下的，說不定還來得及救他們出來。於是對小小羊說：

「你去拿針線跟剪刀，跟媽媽出門吧！」

母子倆急急忙忙地走出家門，走了一會兒之後，就找到正睡得舒服的大野狼。

羊媽媽悄悄靠近大野狼，摸了摸他的大肚子。

「肚子這麼大，孩子們應該還沒被消化。兒子，把剪刀給我吧！」

羊媽媽拿起剪刀，膽大心細地剪起大野狼的肚子，也很小心地避免傷害肚子裡的孩子們。都是被一口吞下的六隻小羊，很完整又有活力地從肚子裡跳出來。

羊媽媽高興地說：

「太好了，真是太好了！你們都平安無事。不過我們晚一點再慶祝，你們先去撿一些沉重的石頭來。我們要趁大野狼還沒醒之前對付他。」

羊媽媽要孩子們去河邊撿些石頭回來。其實大野狼正規律跳動的心臟就在肚子傷口上方，羊媽媽大可以直接把他的心臟剪下來，但她認為大野狼害他們家受了這麼多苦，讓他在睡夢中不明不白死去也太便宜他，所以沒有那麼做。

等到小羊們把石頭搬來後，羊媽媽便將這些石頭塞滿大野狼的肚子，接著再縫好肚皮，帶著孩子們躲在草叢後，等待大野狼睡醒。

半晌之後，大野狼睡醒了。

「嗯~總覺得肚子變得好重啊，是我吃太多了嗎？奇怪，肚子還會喀答喀答地響，是小羊們在裡面碰撞吧！」

大野狼打算去喝點水，認為喝了水應該可以幫助消化。他來到河邊想汲水時，肚子的石頭太重讓他難以支撐而落水，還伴隨著巨大的水花及聲響，接著就咕嘟咕嘟地沉到水底，再也無法浮上來了。

悄悄地躲在草叢後的七隻小羊看了這一幕，忍不住開心地拍手叫好。接著又跑到河邊手舞足蹈，慶祝他們打敗了大野狼。

十六世紀至十七世紀，也就是中世紀的歐洲，經常會發生兒童遭到殺害或侵犯的事件。原因很可能是人民太過貧窮，父母親忙於工作而無暇看顧孩子。

根據史實記載，那個時代會舉行「狼人審判」，是為了審判森林裡殺害甚至吃掉兒童的男人（也就是大野狼）。但這種審判就像「女巫審判」一樣，難以得知到底是否公平正確。但可以確定的是，其中充斥不少性癖詭異或偏執等，即使是現代也會引發軒然大波的血腥殘酷罪行。

而被判有罪的「狼人」，就必須接受相當殘酷的刑罰。據說其中有一種懲罰，會被開膛剖腹取出內臟，與這則故事裡大野狼的遭遇相當類似。

而根據盎格魯．諾曼（Anglo-Normans）等各族的文獻，類似剖開肚子塞石頭這樣的刑罰，更可以追溯到十二世紀。

三隻小豬

吃人或被吃

被大野狼吃掉的豬哥哥們

從前從前在某個地方，有個豬媽媽跟她的三隻小豬生活在一起。可是豬媽媽連自己都吃不飽，當然也沒辦法供應小豬們足夠的食物，最後只好把孩子們趕出家門。

三隻小豬無奈地收拾行李離開家門，走著走著，來到了三叉路口，三隻小豬便分道揚鑣。豬大哥選了右邊的路，豬二哥選了左邊的道路，豬小弟便踏上中間的道路。

三隻小豬因為家境貧寒而被趕出家門，而且還流離失散。窮到連自己都餵不飽的情況過於嚴苛，即使是親兄弟也難以相依為命。

豬大哥在路上看到有人正在把茅草捆起來。

「不好意思，我想要蓋一間房子，可以拜託你把那些茅草束分一些給我嗎？」

接著豬大哥花了三個小時，蓋好一間茅草屋。他蓋好房子後走進家門，大野狼也跟著上門了。

「小豬小豬，讓我進你的家門吧！我們可以開個派對哦！」

「不要，你一進門就會吃掉我。我才沒那麼笨呢。」

大野狼聽了便用力吹一口氣，把茅草屋給吹走，然後咬住豬大哥，迅速吞下肚。

另一方面，豬二哥也在路上遇見一名園丁，便向他索討一點荊豆枝，費時三天蓋了一間房子。他蓋好房子後走進家門，大野狼也跟著上門了。三天前被他吃掉的豬大哥已經消化得差不多，現在大野狼餓得很。

「小豬小豬，讓我進你的家門吧！我們可以開個派對哦！」

「不要，你一進門就會吃掉我。我才沒那麼笨呢！」

大野狼聽了便用力吹了兩口氣，把荊豆枝屋給吹走，然後咬住豬二哥，將他吞個一乾二淨。

豬小弟在路上遇見燒磚的工匠，向他討了一些磚頭，用三週蓋好一間房子。他蓋好房子後走進家門，大野狼也跟著上門了。三週前被他吃掉的豬二哥已經全都消化完，現在大野狼非常非常飢餓。

「小豬小豬，讓我進你的家門吧！我們可以開個派對哦！」

「不要，你一進門就會吃掉我。我才沒那麼笨呢！」

大野狼聽了依舊如法炮製用力吹了好幾口氣，但是用磚頭砌的房子非常牢靠，文風不動。這時大野狼決定改變計畫。

「小豬小豬，你想不想吃美味的大頭菜呢？我告訴你哪裡找得到吧！」

大野狼宣告隔天早上六點會來接豬小弟，接著便先回家了。

間接吃掉自己的兄長

隔天，大野狼一來就要求豬小弟出門。

「哎呀，大野狼先生，你太慢來了。我已經摘到大頭菜，正在煮呢！」

大野狼本來就是謊稱知道大頭菜在哪裡，這時一想到豬小弟已經擁有大頭菜，更是飢腸轆轆。

「既然如此，你想不想吃蘋果呢？」

「我已經採了好多蘋果，正在製作蘋果派跟果醬呢！」

自己隨口扯謊的蘋果居然也有，讓大野狼再度吃驚不已。想到豬小弟做的蘋果派跟果醬，肚子更是不爭氣地咕嚕咕嚕叫。這時大野狼終於忍不住說：

「小豬小豬，拜託你把做好的大頭菜跟蘋果派、果醬，都分我吃一點吧！」

豬小弟於是嘲笑大野狼。

「哈哈哈，我憑白無故幹嘛要分你這麼好吃的料理呢？想吃的話自己想辦法進來搶吧！」

大野狼聽了非常憤怒，決定要闖進去吃掉豬小弟，可是他繞著屋子走了一圈，發現門窗緊閉上鎖，找不到任何能闖進門的破綻。

正當他一籌莫展時，忽然抬頭看見屋頂有個非常氣派的煙囪。於是他決定爬到房子旁的樹上，跳到屋頂之後從煙囪闖入。

豬小弟見狀立刻拿了銅鍋，放在煙囪下的爐灶上燒開水。毫不知情的大野狼從煙囪滑下來，直接落入燒得滾燙的鍋子裡。

豬小弟微微一笑，輕聲開口。

「真是隻笨野狼呢。我根本沒有大頭菜或是蘋果。這麼說來，我有猜到你會從煙囪闖進來，就準備了這個鍋子。畢竟我已經好幾天沒吃東西了，肚子非常餓啊。」

豬小弟蓋緊了鍋蓋，繼續燉煮好幾個小時，把整隻大野狼煮成濃湯之後吃個精光。

《三隻小豬》是英國民間故事，在蘇格蘭流傳的版本中，兩個哥哥並沒有被大野狼吃掉，而是逃到豬小弟家避難。這也是比較家喻戶曉的版本。

本篇所介紹的則是較為恐怖的版本，豬小弟發揮聰明才智擊敗大野狼，最後還把他吃掉。可是仔細一想，那隻大野狼已經吃了他的兩個哥哥，可以算是豬小弟間接吃掉自己的兄長吧！

換句話說，《三隻小豬》是則可怕的食物鏈故事。

放羊的孩子

第一句也是最後一句真話
（摘自伊索寓言）

說謊少年的悲劇

某座村子外，有一名牧羊少年。
「不得了啦，不得了啦！狼來啦！」
某天傳來了少年的驚呼聲，村民們聽到後急忙趕到少年身邊。
等到村民都趕來時，卻發現根本沒有狼的蹤跡，只有少年在一旁捧腹大笑。
「啊哈哈哈哈。騙你們的啦！」

村民們於是痛罵了少年一頓，不過畢竟羊跟少年都平安無事，村民也就放心地回去了。

過了幾天，村子又再度響起少年的呼叫聲。

「不得了啦，不得了啦！狼來啦！」

村民們再度急忙地趕了過去，還是只見到捧腹大笑的少年。

「啊哈哈哈哈。又上當了！」

後來少年又如法炮製地喊了好幾次，村人每每趕過去，都發現是少年在吹牛。

某一天，少年一如往常地正在放牧那些羊，卻發現村外真的來了一匹狼。少年大吃一驚，狼則似乎還沒發現少年。於是少年冒著冷汗，小心翼翼地退開不讓狼發現，接著迅速轉身朝村子跑去，邊跑邊喊：

「不得了啦，不得了啦！狼來啦！」

照理說村民們應該都聽見了，卻都不當一回事，沒有人要出門看看。

少年幾乎已經是邊哭邊喊了。

「是真的啊！狼來了……」

這時，少年終於害怕到連喊都喊不出聲了。因為他眼前的房子上，有好幾匹狼凌厲地瞪著少年，露出尖銳地獠牙朝他低吼。

「哇啊啊啊啊啊啊！」少年的慘叫聲在整座村子裡迴盪，沒多久就被殘忍地撕扯分食，變成難以辨別的肉塊了。

螞蟻和蟋蟀

夏季存糧冬季享用
（摘自伊索寓言）

螞蟻的殘酷回應

某個冬天早晨，地面結了霜柱，寒冷的一天開始了。

螞蟻們一大早就在穀倉忙進忙出，打算把夏天時囤積的小麥曬乾。這時來了一隻蟋蟀，搖搖晃晃地走近他們。

蟋蟀現在非常地飢餓。

「螞蟻螞蟻，請你們施捨一口小麥給我好嗎？我就快要餓死了。」

螞蟻們這麼回答他。

「蟋蟀先生，夏天時你都在做什麼呢？」

「我知道你們想說什麼，但我可一點都沒偷懶啊。我整個夏天都在忙著唱歌呢。」

「既然如此，」

螞蟻們相當不以為然。

「反正你整個夏天忙著唱歌，你冬天何不跳舞就好呢？」

螞蟻們說完，就在蟋蟀面前關上了穀倉。

最早的故事中，蟋蟀的角色原本是蟬。伊索寓言從希臘往中歐及北歐傳開時，因為那些地方蟬是少見的生物，於是就改成蟋蟀。中世紀的傳道士來到日本時也將伊索寓言帶來，名為《伊曾保物語》，到近代為止都還是蟬的版本。

狼與羊

極度蠻橫不講理的悲劇
（摘自伊索寓言）

蠻不講理的可怕大野狼

大野狼經過小河時停了下來，打算喝點水。這時看到不遠的下游處，有隻小羊正手忙腳亂地要過河。

看起來應該是一隻走散落單的小羊。大野狼認為這是天賜良機，讓他能吃掉這隻小羊，不過他得找個理由能光明正大地對小羊施暴。

大野狼來到小羊身邊，對小羊說：

「你這隻小羊好大的膽子！居然把我正要喝的水弄得這麼混濁。」

可怕的大野狼忽然出現在面前，讓小羊害怕萬分，但還是開口反駁：

「我怎麼可能把你的水攪得混濁呢？河水是從你那兒流下來的！」

「姑且不論這個，」

大野狼又繼續說：

「我記得你在一年前還講過我爸爸的壞話！」

小羊明白眼前這匹狼完全是不講道理的，但還是顫抖著回話。

「啊！狼先生啊。一年前我都還沒出生呢！」

「再不然就一定是你爸爸說我的壞話了！不管，反正都一樣。事到如今想說服我改變心意別吃你，那是白費心思。」

說完，大野狼朝無辜的小羊撲了過去，咬住小羊的喉嚨，一口一口地吃掉牠。

到頭來，遇到有力且又會強詞奪理的掌權者，無論說什麼都是徒勞無功。的確是很不合理，但也只能任其魚肉了。

【第5章】

命運的殘酷捉弄

（摘自日本民間故事）

浦島太郎

玉手箱是乙姬的復仇

賣人情幫助烏龜

很久很久以前，有個男人名叫浦島太郎，平日以捕魚維生，跟年邁的母親相依為命。

某年秋季，連續數日天氣都不好，浦島每天只能閒在家裡，有天終於等到天氣放晴，他便出門捕魚去。只是運氣不好，大半天地釣不到魚。到了黃昏，好像總算釣到東西了，浦島便奮力拉起釣竿，卻發現釣到的不是魚，是一隻大烏龜。

「怎麼會是一隻烏龜啊？都是因為有你在，害得魚都不敢靠過來了。」

浦島非常生氣地把烏龜丟了回去。後來他又試了幾次，卻總是釣到同一隻烏龜。過沒多久天也黑了，浦島只好死心地打算回家。

浦島收拾好捕魚的工具，把船朝岸邊划過去，這時有另一艘船朝他而來。船上有一名男子現身對他說：

「我是龍宮的乙姬公主派來的使者。乙姬公主想要謝謝您三番四次放過烏龜，請您跟我去一趟龍宮吧！」

浦島太郎雖然很掛念在陸地上等他回家的老母親，但聽說龍宮是個很棒的地方，不禁非常嚮往。想想只是去去就回來應該不要緊，便上了對方的船。

浦島來到龍宮，見到美如天仙的乙姬公主，還熱情地款待他。

「辛苦你遠道而來，請慢慢留在這裡享受吧！」

龍宮招待的餐點，是連浦島這個漁夫都沒嚐過的新鮮魚類。浦島看著眼前載歌載舞的魚兒們，大啖鯛魚及比目魚的生魚片。除了乙姬公主之外還有許許多多美女，都圍繞在他身邊服侍他。

《浦島太郎》的故事在日本家喻戶曉，甚至還列入教科書裡。不過故事開頭是浦島拯救了被小朋友們欺負的烏龜。孩子們表示不想白白把烏龜送他，浦島只好交出自己的錢，還脫下衣服來交換，是個非常善良的人。可是在自古流傳下來的民間故事中，浦島太郎並不是什麼好人。

例如在《御伽草子》裡，浦島釣起烏龜之後這麼說道：

「據說鶴能活千歲，烏龜能活萬歲，所以你在生物裡壽命算很長的。我也不忍心就這麼殺掉你，今天就放過你吧，你要好好記住我這份恩情。」」

故事中讓讀者留下強烈印象的龍宮城，可能暗指花街柳巷，乙姬公主也許是指娼妓。浦島太郎說不定就是在捕魚後的歸途中前去尋歡作樂，陷入溫柔鄉中散盡家財，成了火山孝子。

日子過得太開心，讓本來只想留下來玩個兩、三天的浦島，不知不覺已經待了三年之久。慢慢地，他開始想念起故鄉。

「我擔心留在家鄉的老母親，讓我回去探望探望她吧！」

乙姬公主非常捨不得他，心中怨懟不已，卻還是拿出一只美麗的玉匣交給浦島，對他說道：

「既然我們要暫別，那麼這個玉匣送你。如果你還想再回來，就絕對不要打開它。」

喚不回的歲月

浦島帶著玉匣回到令人懷念的故鄉，卻發現本來應該很熟悉的海岸與山巒，已經變了樣子，看起來就像是另一個國家似的。

浦島前往海邊的村子裡去找自己家，只想著快點見到母親。但本來應該是他家的房子，卻走出來一個陌生老人。

「啊？你說浦島太郎？據說他是我爺爺的爺爺那一代，住在村裡的漁夫。他好像某一天出海打魚之後就沒再回來，大概是被海浪捲走淹死了吧！聽說浦島的老娘好像還在村子旁替他造了墳。」

聽了老人的話，浦島驚覺自己離開村子之後，似乎已經過了相當漫長的年月。別說自己的母親了，恐怕整個村子已經沒有人認得他。他內心湧起一種孑然一身留在世上的可怕孤獨感，也忽然想起龍宮的乙姬公主送給他的玉匣。

「對了，打開它的話，說不定有辦法補救。」

浦島回到海邊，解開玉匣上的繩子。當他打開玉匣的瞬間，一縷白色的輕煙竄出，纏繞浦島的身體之後，便往山裡飄散消失了。可能是被煙燻過的關係，浦島的視線也變得模糊不清。

「嚇我一跳，剛才那是怎麼回事啊。」

浦島喃喃自語，卻被自己的聲音嚇到，那一點都不像自己的聲音，反而有如老人般粗啞。

浦島輕輕搖了搖頭，原本蹲著的他打算站起來，卻發現自己使不上力，而且背也打不直，似乎整個腰都彎了。

「奇怪，怎麼回事？我的身體到底怎麼了？」

浦島伸出手想撐一下地板站起來，忽然看到自己的手上布滿皺紋，就像是老人家的手。浦島仔仔細細地看著自己的手，不禁開始發抖。

「怎、怎麼可能會有這種事？一定有哪裡搞錯了！」

他摸了摸自己的臉，感覺到臉上有許多非常深的紋路。再摸摸自己的頭髮，既稀疏且粗糙。於是他想看看水裡自己的倒影，打算朝沙灘邊走過去。雖然急著想跑過去，但支撐著佝僂腰部的雙腿卻抖個不停，連邁步都難如登天。

等他總算走到海水淹至膝蓋處，終於在海面上看見自己的樣子。

「咦！」

眼前是一張乾癟慘白的臉，就像隨時會一命嗚呼的老人似的。他的眼睛泛黃混濁，眼角有無數深刻的皺紋。凹陷的臉頰上，則有與手上一樣的大顆痘瘡及斑點，而且白髮蒼蒼，粗糙得很。

浦島震驚不已，發狂地不停揉著自己的臉，想徒手除去皺紋。但那只是把鬆弛的皮膚拉長而已，根本無法除掉任何皺紋。

最後浦島終於用盡力氣，就這麼倒在海邊，再也沒有起來過了。而且倒下之後，曾經暫停的歲月似乎仍持續流動著，浦島的屍骨也隨之迅速風乾消逝。

這則故事的結局震撼性一點都不亞於科幻小說。浪蕩子浦島因為連母親死前最後一面都見不到，為自己的不孝感到羞愧才會絕望而死。故事中裝在玉匣裡的東西，其實是藉浦島太郎的年齡來表現他的自責愧疚。

至於乙姬公主為什麼要送玉匣給浦島太郎呢？

「想回來的話就別打開它」這句話背後的意思，就代表「如果你不想回來，就打開它吧」。曾經另眼相待的浦島太郎如果想拋棄自己不再回來，乙姬公主便打算置他於死地，因此玉匣便成了制裁叛徒的象徵。

浦島太郎的故事，最早出現在七世紀末以漢文記載的傳奇小說。話雖如此，但在異世界住三年，地上卻已經過了三百年，也算是則恐怖故事了。

安壽和廚子王

慘遭殺害的安壽

踏上尋父之旅的母子

距今千年之前，日本最北端的陸奧之國有一對姊弟，名字分別是安壽與廚子王，他們與母親過著富裕的生活。可是某天他們忽然接到通知，說他們在京都擔任公職的父親由於貪汙舞弊，被流放到築紫去了。母子遭逢巨變，開始過起從沒嚐過的貧窮日子。三人惶惶不安，一直在等著父親給他們捎信來，卻始終沒有等到。於是姊弟倆便對母親說：

「母親，我們去築紫找找父親吧！」

一雙兒女想前往遙遠的築紫，母親擔心他們無法順利抵達，而且家裡的錢也快要用光了，便毅然決定一起上路。他們也帶上長年服侍他們家的老嬤嬤，出發前往築紫。四人每天都辛苦地日夜趕路，總算來到了越後之國（新潟縣），這裡應該有船可以直接搭到築紫。

他們到處尋訪可以供他們借宿一晚的民宅，卻找不到任何人家願意收留。四人只好待在橋下休息等天亮再做打算。這晚的月色很亮，四個人靜靜地靠在一起，這時聽到一陣「躂、躂、躂」的腳步聲，似乎有人踩著河畔石頭朝他們走來。他們吃驚地抬起頭，只見一個滿臉鬍渣的男人站在面前。

「孩子還這麼小就餐風露宿，真是可憐。哎，你們別害怕，我不是什麼壞人，是這裡的船家。想說拿這個來給孩子們吃。」

男人說著從懷裡拿出一些餅來，分給兩個孩子。母親鬆了一口氣，認為對方是個親切的好人，便開口詢問。

「我們打算前往築紫之國，請問這裡有船可以去嗎？」

男人聞言回道：

「我有個認識的船家明天的確要出發開往築紫，我替你們跟他打聲招呼好了。」

父親遭貶流放的地方「築紫」，是現今的福岡縣，而這家人則是住在現在的青森縣。北海道當時是阿伊奴民族的領土，沖繩當時也不屬於日本，所以這家子等於是被迫分隔在日本的最北與最南端。這樣的距離在缺乏交通工具及地圖的情況下，婦孺一行人就這麼踏上旅途，等同於自尋死路。

被人口販子欺騙的一家人

隔天，四人來到約好的地點，昨晚的船家與另一位船家已經在那裡等候了。

「放心吧，沒什麼好操心的。搭上船睡一覺，就會到築紫了。」

眼前的船隻比他們想像中的還要小得多。

「好了好了，孩子們上這艘船，夫人跟嬤嬤就搭那艘。」

船家要他們分別搭兩艘船，這讓母親感到相當不安。

「我們不能四個人搭同一艘嗎？」

「四個人搭一艘，船會沉的。兩人兩人分開搭，會比較快到築紫。沒事，別那麼緊張，我們兩艘船會挨在一起走的。」

在船家的催促下，母親只好跟兩個孩子搭上不同的船。離開住慣的陸奧，母親只能怔怔地看著越後的海邊慢慢變小。看到後來猛一回神，定睛要找孩子們搭的船，卻發現兩艘船已經漸行漸遠，看起來似乎分別往不同的方向開。

「船家、船家！請把船往我孩子搭的那艘船開過去！」

母親大為緊張，抓著船家不停地哀求。這時船家直到剛才都還很溫和的表情丕變，凶神惡煞地說：

「住嘴，吵死人了！我可是花了錢買下你們的，要去哪裡由我作主！」

聽到船家的話，深感內疚的嬤嬤便從船上縱身投海。陷入絕望的母親也想跟著去，衣服卻被船家拉住，連尋死都辦不到。

「晚上吹口哨會招蛇來」——每個人可能都有聽爺爺或奶奶這麼告誡過。事實上這樣的迷信，源自於人口販賣的惡習。因為當時禁止人口買賣，因此貧農等身分的人要賣掉家裡的女兒時，會要買家三更半夜上門，並以吹口哨為溝通暗號。

日本的人口買賣惡習，早在西元五世紀就已經存在。像是公娼之類的買賣，更是一直持續到二十世紀中葉。每個時代的政府或掌權者，都會頒佈禁止人口販賣的法令，換個角度來看，表示人口販售一直都很猖獗才會不斷立法禁止。

接著再回到故事內容，這一家人如此不懂人情世故，輕易信任他人，落得被賣的下場，後續發展又會如何呢？

為了幫助弟弟逃跑而犧牲的姐姐

安壽與廚子王搭乘的船隻，來到了丹後之國（京都府）。兩姊弟下了船，被帶到名叫山椒太夫的富豪家中幫傭。安壽負責去海邊汲取製鹽的海水，廚子王必須上山砍柴，而且兩人都不准休息，晚上則會被趕到主屋一隅的骯髒佣人房睡覺。這樣嚴苛的日子一天又一天，直到寒冷的冬天來臨。

某天，安壽小心地避開山椒太夫的眼線，帶著弟弟到山上去。

「廚子王，你快逃離這個房子到京都去。到了京都，想辦法成為了不起的官差，才能打聽父親跟母親的下落。」

「咦！我逃走的話，姐姐說不定會被打死的。要逃就一起逃吧！」

安壽聽了卻搖頭拒絕。

「兩個人一起逃很容易被找到，但只有你的話可能躲得過。之後的事就交給我想辦法吧！」

安壽要弟弟快點逃，等看到下山途中還頻頻回頭的弟弟身影消失之後，安壽也下了山，若無其事地回去做平常的工作。

廚子王直到黃昏都還沒回到山椒太夫的房子，引起了極大的騷動。負責到山上幹活的家丁們，都說沒人知道他的去向。這時腦滿腸肥的山椒太夫便叫來身為他姐姐的安壽，質問道：

「喂，妳的弟弟去哪了？」

安壽堅定地抬起頭，閉口不語。

山椒太夫對高大的家丁使了眼色，家丁便把安壽的雙手反折在背後，緊緊地綁住她。山椒太夫逼安壽坐在泥土上，再度質問她。

「說！你弟弟到底去哪了？」

安壽這時發現自己已經被一群男人包圍，夕陽餘暉照在安壽的背上，她文風不動地靜靜開口。

「我什麼都不知道。就算知道，我也不會告訴你這種粗鄙之人！」

說完，安壽面前的男人就抬腳踹向安壽的下巴。安壽整個人往後飛去仰倒在地上。這個動作宛如信號，周圍的男人們見狀同時撲向安壽。有人拿石頭死命地毆打她的臉，有人不停地踹安壽的肚子，還有人用腳使勁踐踏安壽。最後，男人們扯碎已經昏死過去的安壽的衣服。原本雪白的皮膚，已經變得青紫腫脹，而且傷痕累累，血跡斑斑。

夕陽原本把這座刑場照得十分明亮，最後逐漸西沉，黑夜籠罩了四周。山椒太夫家的院子裡，是破碎衣物四散的慘狀，安壽的遺體就像衣服一樣七零八落，被扔出院子之後，引來不少烏鴉飛下來啄食。

山椒太夫沒再多理會已經徹底被整死的安壽，命令家丁們到山裡去搜出廚子王的行蹤。可是直到東方出現魚肚白，山頭輪廓逐漸鮮明，他們仍找不到廚子王。

另一方面，廚子王下山之後，先躲進一間寺廟裡。接著他前往京都，在路上幾乎累倒時，被富貴之家所救，便在那一家留下來工作。廚子王後來認真向學，終於長大成人之後，努力也有了回報，成為一名優秀的官員。

廚子王當官後便著手調查被流放到築紫的父親，發現父親清廉正直，所犯的罪是被誣陷的。可是當他去接父親時，父親早已病死多時。

廚子王接著又追查母親的下落，得知母親被賣到佐渡國為奴。廚子王千里迢迢去尋訪，終於找到上了年紀，容貌也已大不相同的母親。母親這時雙眼已盲，聽說來找她的年輕人是廚子王，她不禁為自己的兒子可以平安長大喜極而泣。

廚子王將老母親接回京都奉養，事親至孝，母子從此過著非常幸福的日子。

安壽之死有兩種版本，一說她是自盡，其二就是她因為幫助廚子王逃跑而遭到刑求。無論如何，安壽終究都是為了弟弟而犧牲了自己的生命。

這段故事最早源於十五世紀末，由神社遊行的巫女們用「說經節」的講故事形式所傳頌。到了江戶時代初期，就在搭棚的劇場內上演，成為民間曲藝中很受歡迎的段子。雖然許多地方都曾流傳過這一段傳說，但後來變得如此家喻戶曉，顯然是深受森鷗外所著的《山椒大夫》一書影響。

唱歌的骸骨

成功報仇雪恨的骷髏頭

等待復仇時機的骷髏頭

有兩個男人住同一個村子裡，說好一起出門賺錢。

過了三年，其中一人非常認真工作，因此賺到了不少錢。另一人則不好好做生意，還沉溺於賭博中，當然就身無分文。勤奮的男人念在同鄉之誼，就借了點錢給賭博男，好讓兩人可以一起回鄉。可是賭博男卻不感念這份恩情，密謀著想把認真男人所賺的錢全都佔為己有。

兩人結伴回鄉的路上，來到當年也曾經過的隘口，賭博男見天快要黑了，估計不會再有行人經過，便開口道：

「喂，我們在這裡休息吧！」

認真男人雖然急著趕路，但想到同伴可能真的累了，便同意休息。他先把伴手禮與錢袋放在一邊，在路旁的石頭坐下，開始抽起煙管。賭博男認為機不可失，謊稱要去小便，鑽入樹林裡後，悄悄繞到認真男人的背後。接著拿起預先藏好的菜刀，朝對方的左胸用力刺下。

遭到刺殺的認真男人回過頭，發現襲擊他的人居然是同伴，驚愕地瞪大雙眼。

「嗚啊、啊、啊……」

認真男人發出不成聲的嗚咽，死命想抓住賭博男，賭博男心裡一害怕，拿起刀又朝對方的雙眼打橫劃下去。認真男人雙眼噴出鮮血，隨即倒地。

「呼——死了吧……」

賭博男正想上前確認，倒地的男人卻忽然抬起布滿鮮血的臉，似乎仍打算纏著他。沒想到這傢伙居然還活著，讓賭博男渾身起了雞皮疙瘩，趕忙握好手中的菜刀，再度刺向對方的脖子。鮮紅的血液從脖子大量噴濺而出，像霧雨一樣把認真男人的臉、衣服、身體全都染紅。

已經失去理智的賭博男就像瘋了似的，一遍又一遍地用菜刀捅他，直到認真男人氣絕身亡。賭博男總算回過神，急忙抓起錢袋，退了兩、三步之後，轉身朝黑夜籠罩的山路落荒而逃。

男人回到村裡，對大家謊稱另一個男人沉溺於賭博不工作，才會連回鄉的錢都籌不出來。

結果賭博男回鄉沒多久賭癮又發作，把搶來的錢全都賭光了。他只好再度離家賺錢，來到之前停留的隘口時，忽然聽見不知從何傳來呼喚自己名字的聲音，賭博男環顧四周，卻沒看到任何人。

「喂！喂！我在這兒！在草叢中啊！」

男人走進傳出聲音的草叢裡，只見地上躺了一顆骷髏頭，用詭異的眼神盯著他。接著便開口對他說：

「好久不見，你該不會已經忘了我吧？我就是你殺掉的那個人。我打從心底就等著與你重逢的這一天哦！」

骷髏頭說著說著便笑了，兩排森白牙齒相互碰撞，「咔、咔、咔」地作響。賭博男大驚失色，拔腿就想逃跑，但骷髏頭用牙齒緊咬住他的衣服讓他跑不了。

「好了，別這麼緊張。你肯定是打算出門賺錢吧？既然如此，就帶我一起去。我什麼歌都能唱，你就負責收觀賞費。會唱歌的骷髏頭可是很難得的，一定能大賺一筆。」

說完，骷髏頭便唱起歌來證明自己所言不假。賭博男見狀覺得這東西確實罕見，膽子不禁大了起來。他用包袱巾把骷髏頭包好，來到某座城下町。他到處找有錢人表演給他們看，這顆會唱歌的骷髏頭因此聲名大噪，傳進城主的耳裡。男人與骷髏頭被傳喚到城主的大宅，命令他們表演。

然而令人百思不解的是，骷髏頭一來到城主面前，不僅沒有唱歌，就連動都不動一下。

「喂，你是怎麼了？快唱啊！」

賭博男冷汗直流，低聲催促骷髏頭，但骷髏頭看起來就只是個骷髏頭，完全沒有反應。城主最後勃然大怒，對家臣說道：

「這個人謊稱骷髏頭會唱歌，招搖撞騙賺取不義之財。既然你這麼想表演會唱歌的骷髏頭，你就成為骷髏頭親自唱吧！來人，立刻砍下他的頭，拿去河邊曬到成為骷髏頭為止。」

賭博男馬上遭到逮捕，被拖到中庭去。

「饒命啊，大人！我上了那顆骷髏頭的當啊！」

盛怒之下的城主聽不進他的狡辯，賭博男求救的視線只好轉向骷髏頭，然而骷髏頭仍是一樣，兩個空洞陰暗的眼窩朝向前方，一動也不動。

沒多久，一名拿著大刀的劊子手前來，不等男人再開口求饒，一刀就砍下男人的首級。那顆頭瞬間騰空飛起，接著滾落地面。就在這時，一直被放置在坐墊上的骷髏，忽然高聲大笑。

「嘻嘻嘻！」

城主與家臣們全都吃驚不已，恐怖的氣氛讓所有人無法動彈。只有骷髏頭似乎開心得情難自己，兀自「咔、咔、咔」地笑個不停。

內容類似《唱歌的骸骨》的民間故事，大致有兩個版本。一種就如本篇所述，是骷髏頭對殺死自己的人報仇。另一個版本中，骷髏頭暴屍荒野無人祭拜，後來向埋葬自己的好心人報恩。復仇版本的故事，最可怕的部分在於骷髏頭的深沉怨念。他一直耐心地等待復仇時機，直到能夠「把賭博男犯下的罪狀公諸於世」，以及「讓賭博男嚐到自己死前所感受的恐懼與痛苦」。

最後親眼見證賭博男死在面前，骷髏頭終於報仇雪恨，放聲高唱勝利凱歌。

可怕的活埋故事

人柱傳說

成為活祭品的男人

很久以前，在一條名為長良川的大河附近，有一座小村莊。平常村民蒙受河川的恩賜，五穀豐收，過著衣食無缺的生活。然而一旦發生洪災，不只農田被淹沒，連人帶房子都會被沖走，受害甚深。

某一年，就在稻米即將收成之際，大型颱風趕在夏末來襲，連日傾盆大雨，導致長良川水位不停上升，兩岸的泥沙不住沖刷下來，河水因而混濁不堪。萬一雨繼續下個不停，會害堤防整個潰堤，夾帶泥流的大水就會沖進村子裡。村裡的男人為此聚在一起徹夜開會，討論解決方法。眼見夜色越來越深，還是遲遲想不出任何對策。而這段時間內，大雨猛烈落在地面的聲響，也一刻不曾停歇。

「要不然，我們來做人柱吧！」

也不知道是誰先開口這麼提議，卻讓村民們宛如見到救命稻草似的，立刻紛紛表示贊成這個想法。

「這樣最好，聽說人柱能讓堤防更堅固。」

「有人能獻祭的話，水神肯定也會保佑我們的！」

原本毫無進展的會議，似乎迅速有了解決辦法。

然而一談到要把誰當人柱，眾人又再度陷入長考，遲遲沒有答案。畢竟沒人想自告奮勇當活祭品。

屋內籠罩著沉重的靜默，這時某個男子輕聲開口。

「選一個衣服是橫條紋的人吧！」

這個男人的妻子很早就過世了，只有一個年幼的女兒在家等他。他只是想趕快解決活人獻祭的問題，結束會議早點回家。

「這提議好！」

於是眾人看了看彼此身上的衣服花色，發現身穿橫條紋衣服的人，居然就只有開口提議的男人而已。大家雙眼布滿血絲，一步步逼近男人。眼見事情發展至此，男人不禁慌忙求饒。

「等、等等！我沒有老婆啊。你們也知道，她病死得早。萬一連我都不在，我那小女兒會無依無靠的！求求你們，放我一馬吧！」

男人拼了命地哀求大家，但沒人聽得進去。他當晚獲准回去與女兒團聚最後一夜，村民則在他家門前輪流看守，防止男人帶著女兒逃跑。

男人回到屋子裡，把女兒叫過來說：

「女兒，都怪爸爸說話不負責任，才會落得現在的下場。從今以後妳也別隨便開口，以免惹禍上身。」

無論在民間故事或古老傳說裡，蓋堤防或築橋時拿活人去填充是很常見的事，因此稱為「人柱傳說」。最早甚至可以追溯至《古事記》的記載。

由於當時的人相信成為活祭品的靈魂，會讓工程順利成功，並且保佑人們不受災害，才會形成這樣的習俗。在民間故事裡，成為人柱的通常都是提議的人。在古老傳說中，人柱則多為女性，例如瞽女（眼盲的女性賣藝者）、朝拜的母子、娼妓等。這些犧牲的人們，後來都會被奉為水神。

雖然現今已經無人在意了，不過關東大震災[9]之後，在修復皇居內因地震毀損的二重櫓時，地基下竟發現以直立姿勢掩埋的數十具人骨，轟動當時的歷史學界及報章雜誌，紛紛懷疑那些是否就是「人柱」。

啞巴女兒

隔天，村民們團團包圍住男人，像對待罪犯一樣綑綁他的雙手，帶到長良川的堤防旁。河邊的堤防已經堆了非常多泥沙，村民就將男人活生生地埋進去。泥濘很快就淹沒了男人的雙腳、腰、肩膀。

男人雙眼充滿血絲，眨也不眨一下地死命瞪著村民們。而最後泥沙終於也淹沒他瞪大的雙眼。「土葬」徹底結束之後，濁流淹過了埋著男人的泥濘上方。村民們雙手合十拜了

9 1923年

一下，就紛紛散去。

男人遺留下來的獨生女，就由村民們輪流照顧。或許是因為心懷虧欠，村民讓女孩衣食無缺。但令人不解的是，自從父親成了人柱之後，女孩就再也沒有開口說過一句話了。

又過了幾年，女孩長大成人，出落得美麗動人。鄰村的人看上她的美貌，便前來迎娶她。女孩不只生得美麗，更是吃苦耐勞，但就是一句話都不說。

「就算長得再美，但總不能是個啞巴。我送妳回去吧！」

丈夫做下決定，在送她回鄉的途中，從草叢裡傳來雉雞的叫聲。

於是丈夫停下腳步，拿起隨身獵槍等待。一看到雉雞正要飛起，便迅速開槍射擊。

咚、咚。

虛弱地拍了幾下翅膀之後，雉雞便墜落地上。

「雉雞若不啼，便不會落難……」

丈夫聞聲回過頭去，發現他本以為是啞巴的妻子，已經淚流滿面。見丈夫如此吃驚，妻子便將父親的遭遇娓娓道來。

知道妻子不說話的原因之後，丈夫不禁為她一掬同情之淚，最後也憐惜地帶著妻子返家了。

蓋缽千金

多虧有大缽才找到如意郎君

戴在頭上拿不下來的缽

從前，有一對家世顯赫的貴族夫妻，過著恩愛無比的生活，但不知為何一直都沒有孩子。終於有一天，他們生下了一個珠圓玉潤的女嬰，於是這對夫妻便去長谷的觀音寺參拜，除了謝神之外，也祈求神明保佑女兒的人生平安幸福。

這位貴族小姐逐漸長大成人，在她十三歲的某天，母親卻生了重病，命在旦夕之際，母親把女兒喚來床前。

「真希望妳已經十七、八歲，那我就能替妳尋個好姻緣再安心地走了。」

說著，她便要女兒把頭鑽進一個似乎裝著什麼東西，看起來很重的箱子裡，最後更在上方罩了一個可以蓋到肩膀的大缽，結束之後，母親便嚥下最後一口氣。

女孩的父親因為妻子之死而傷心難過，但當他看見女兒詭異的模樣，驚訝得忘了哭泣，只能愕然地啞口無言。

「母親過世之前將這些罩在我的頭上，我怎麼也拿不下來。」

父親雙手捧著女孩頭上的缽，慢慢地往上提，依然提不起來。

但父親不屈不撓，叫來強壯的家丁幫忙，無論如何都想拔掉大缽。但大缽固若金湯，倒是可愛的女兒痛得直哭喊。

「好疼、好疼啊！快住手，我的頭快斷了！」

聽見女兒的慘叫聲，父親猛然回過神，為此感到非常沮喪。

「這麼小就失去母親已經夠不幸了，居然還變得如此奇形異狀，我可憐的女兒啊！」

父親這樣哀嘆，之後也時時刻刻為這個女兒操心。

而頭上戴著大缽的傷心女孩，大部分時間都把自己關在房間裡。但是頭上頂著缽一語不發坐在陰暗房裡的身影，在旁人眼中看起來特別詭異。從前跟女孩感情較好的佣人們，現在也都對她露出彷彿看著怪物的眼神，而且也不和她說話了。不知不覺，人們都稱呼這位小姐為「蓋缽千金」。

過了一陣子，父親在旁人的強力勸說之下納了續弦。新來的後母覺得這個外形奇特的女兒很噁心，不只討厭她，還會加以虐待。

「要說那孩子哪裡噁心……」

「都已經變成那樣子了，居然活得下去啊！」

只要父親不在的時候，後母就會故意大聲說到讓女孩聽得見，惹得女孩傷神不已。再不久後母懷孕之後，更是容不下蓋缽女孩，不管大事小事都會去跟父親嚼舌根。蓋缽女孩實在太難過，於是奔出家門，跑到母親的墳前流淚哭訴。

「我的樣貌如此醜陋，新媽媽會討厭我也是理所當然。到時候父親有了新生的女兒，肯定也會不要我了。與其頂著這副模樣活下去，不如早點去跟母親相會！」

後母一聽說蓋缽女孩去前妻的墳前祭拜，立刻對丈夫說：

「夫君，蓋缽女兒是去詛咒我們兩人哦！」

父親聞言大怒，收回蓋缽女孩所有的精緻華服，要她換上粗布麻裳後，便把她趕出家門。

在日本民間故事中，最有名的虐待繼子的故事，應該就是這則《蓋鉢千金》。此外，母親的娘家的經濟實力以及出身（身分），更能夠左右子女（尤其是女兒）的人生。這一點在名著《源氏物語》中尤為明顯。對於子女來說，所謂的「母親」並不只是精神上的寄託，更重要的意義在於那是代表自己人生的靠山。

而且就算父親相同，只要母親身分不一樣，同一家的兄弟姐妹也會彼此為敵，爭搶好的公職、嫁到富貴人家，爭相繼承父親遺產。所以從後母的立場來看，自己的女兒就要出生，眼前這個蓋鉢女偏偏也長得奇形異狀，當然就會成為她本能要去剷除的對象了。

不知自己該何去何從的蓋鉢女孩，只能無助地哭泣。

「母親為什麼要把大鉢蓋在我頭上呢？」

陷入絕望的蓋鉢女孩，見到眼前是一條大河，於是她毫不猶豫地縱身一跳。然而她的心願卻無法實現，因為她頭上的鉢會浮起來，到了下游便卡住漁夫的漁網，順勢被撈上岸。

求死不成的蓋鉢女孩依然無處可去，只能像個遊魂一樣漫無目的地行走。經過她身邊的路人一見她怪異的樣貌，紛紛驚呼走避。更有人遠遠看到之後，指著她嘲弄或朝她扔石頭玩鬧。

這天，蓋缽女孩從一處很氣派的大宅邸前經過。這座宅邸的主人是山陰地方的三位中將[10]，他正巧在庭院看著門外，見到形貌怪異的蓋缽女孩，便命令家臣道：

「那是誰？把她叫進來。」

頭上的缽破掉

中將把蓋缽女孩叫到跟前，問她為何會如此打扮。

於是女孩一五一十道出母親早逝，自己這副模樣遭人嫌棄，最後還被趕出家門的種種遭遇。中將覺得她十分可憐，要家臣試著把她頭上的缽取下，但終究徒勞無功。最後中將留下這個無依無靠的少女，讓她在宅邸裡幫傭。

這位中將有四個兒子，年長的三個都已經娶妻，只有小少爺還是單身。小少爺是四兄弟中才貌最為出眾，個性也最善良的人。蓋缽女孩必須在小少爺沐浴時負責替他刷背，小少爺逐漸深受女孩白皙美麗的手腳，以及溫柔的本性吸引，情不自禁愛上女孩。

於是小少爺去向父母親要求，希望能迎娶蓋缽女孩。雙親聞言非常吃驚，威脅他道：

10 三位是指位階、中將是官職

「你一旦娶了蓋缽女孩，就得不到任何領地封賞，我們也會與你斷絕關係！」

然而小少爺卻沒有退縮。

「只要能跟我心愛的蓋缽女孩在一起，我便不需要什麼財產。就算要與你們斷絕關係也在所不辭。」

他的回答讓雙親苦惱不已，只好要他讓蓋缽女孩出來跟哥哥們的妻子互相比較一番。他們認為蓋缽女孩向來對自己的古怪形貌很有自知之明，一旦要她在眾目睽睽之下與人比美，她肯定會自慚形穢逃走的。

蓋缽女孩聽了這個要求，認為善良的小少爺是出於憐憫才會想要娶她，便慎重地開口拒絕。

「只要我留下來，就會讓親切的小少爺蒙羞。我必須離開這座宅邸。」

女孩這麼說完，小少爺卻對她說：

「我不會讓妳獨自上路的，我跟妳一起走。」

蓋缽女孩這才明白，她終於遇見不計較自己的外貌，真心愛上自己內在的人了。

於是兩人手牽著手，打算要啟程遠走高飛之際，蓋缽女孩頭上的缽卻裂開落地。眼前露出面容的千金小姐，擁有讓任何女子都為之失色的美貌。而原本蓋在缽下的箱子裡，更是裝著金銀珠寶、華麗衣裳、還有新嫁娘的一切必需品。中將與夫人得知這名美貌千金竟是蓋鉢女孩，自然非常吃驚，但也打從心底感到高興，當場決定讓小少爺成為這個家的繼承人。

蓋鉢女孩嫁給小少爺為妻，不久之後竟在長谷的觀音寺遇見樣貌已經大不相同的生父。由於父親的繼室太過傲慢，導致所有佣人紛紛求去，也就此家道中落。更對於聽從繼室挑撥而趕走蓋鉢女孩一事，深深感到後悔，非常擔心女兒的行蹤，才會到處打聽她的消息。

蓋鉢女孩由於頭上蓋著大鉢，害得她陷入許多不幸的境遇中。可是被後母趕出家門孤身流浪的蓋鉢女孩，也正是因為頭上的鉢而被認為是醜女，才得以避開可能遭遇的危險。她的母親身為女孩的後盾，已經考慮到自己死後女孩可能的處境，才會替她蓋鉢。在真正配得上女孩的真命天子出現之前，這個大鉢可說是如同貞操帶一般。

同為民間故事的《姥皮》，也是另一則披著醜陋外皮的繼子被趕出家門的故事。

無耳芳一

哀怨的琵琶聲呼喚幽靈

召喚亡靈的琵琶法師

很久以前，有一位名叫芳一的盲眼僧侶，他是個彈奏琵琶的法師。芳一住在某座寺院裡，最擅長自彈自唱《平家物語》的故事。

某個晚上，當芳一躺下就寢時，忽然感到胸口沉重難受，彷彿被黑暗所重壓似的。儘管他眼盲，卻還是感受到房間內比平常更陰暗。芳一想要爬起來找人救命，但身上好像有無數隻手抓住他，讓他動彈不得。

忽然間，一股溫暖的氣息吹拂他耳邊，接著他的腦中便響起低沉的聲音。

「我是在某個大宅工作的武士，我家主人想要聽聽您唱的《平家物語》，我是來帶您去的，請跟我來吧！」

胸口的沉悶隨之消失，芳一就像發了燒似的昏昏沉沉地跟在武士後面。雖然他忘了拿出外時必備的枴杖，卻能感受到自己應該走的路，很不可思議地能夠不停往前走。

武士帶他來到一座非常豪華氣派的大宅邸。從大門到玄關的距離，還有踩在地板上發出的聲響，芳一都可以感受到這間屋子有多大，使用的木材有多麼高級。他在走廊上轉了好幾個彎，最後似乎抵達到一間大廳。芳一聽見無數的人正在低聲交談說笑。

「咦，都這麼晚了，還有孩子們的聲音混在裡面。是這間大宅正逢什麼重要的聚會嗎？」

芳一正暗自猜測時，一道威嚴無比的聲音便從上座傳來。

「有勞您今日遠道而來，不勝感激。我聽說您很擅長彈唱《平家物語》的故事，就想無論如何一定要拜聽一次。雖然您才剛到，但請您立刻來給我們唱個〈壇之浦戰役〉的段子吧！」

芳一聞言便開始專心彈奏琵琶，朗聲唱起這一節故事。曲子一開始，吵雜的大廳瞬間安靜下來，而隨著他彈唱故事的進展，座中也傳來哭泣的聲音。唱完之後，芳一便獲得豐厚的贈禮。

芳一此時表示希望不要太晚回去，打算起身告辭。剛才坐在上位的那個聲音又傳來。

「請您在接下來六個晚上，都來這裡彈唱《平家物語》。還有，不要對任何人提起您來這裡的事。」

芳一每天晚上都去彈琴說戲，身體卻一天比一天瘦弱，兩頰也逐漸凹陷，看起來就像個病人。寺裡的高僧很擔心他，便在芳一出門之後命令寺內的和尚跟蹤他。這一天，已經是芳一立下六日之約的第五個晚上了。

寺裡的和尚一路跟著芳一，心裡感到非常訝異。芳一明明看不見，卻可以不拄枴杖，就像悠游水裡的魚一樣信步前行。這麼晚走在路上，連雙眼健全的自己走起來都不容易呢……到了後來，芳一走進山裡之後，和尚追不上他，跟丟了。

「奇怪，這種深山裡怎麼會有人家呢？」

和尚心下疑惑，山裡的樹木隨風搖晃，夜風吹拂過他的臉頰，熟悉的琵琶聲跟著傳來。

「這、這琵琶聲是芳一彈奏的，不會錯！」

和尚循著樂聲走進山路，最後來到七盛塚附近。七盛塚是埋葬平家的墓地，而且這一帶並沒有民宅。這下子，和尚不禁寒毛直豎。

「這首曲子是〈壇之浦戰役〉……莫非芳一他……」

和尚偏離山路，踩進堆積著落葉的山林間。他沒由來地覺得自己不可以忽然現身在七盛塚前面，便打算偷偷躲在樹叢後方，悄悄地觀察情況。他一步步前進，小心翼翼地不讓踩在落葉上發出的聲響太大，這時忽然發現琵琶聲就在不遠上方。

大吃一驚的和尚抬起頭，發現正襟危坐的芳一正專注地彈奏著《平家物語》，而他的前方，就是黑暗巨大的七盛塚。

詭異的是，樹木山林陰暗得連月光都能遮蔽，但芳一的身影卻彷彿籠罩在燈光下。和尚再仔細一看，頓覺毛骨聳然，原來芳一被無數青藍色鬼火團團圍繞。火焰有時宛如生氣似的熊熊燃燒，有時又像哭泣一般搖曳不定……

和尚就像被凍結了一般，楞楞地看著眼前的光景好半晌之後，頓時回過神來，嘴裡一邊喃喃唸著經文，連滾帶爬地逃回寺裡，向高僧報告他的所見所聞。

高僧聽了和尚的報告之後，不禁大驚失色。

「糟糕了！芳一被平家的怨靈所蠱惑，已經被附身了。不快點想辦法的話，芳一會被死靈所害！」

《無耳芳一》是日本小說家小泉八雲（Lafcadio Hearn）的知名作品之一，題材取自江戶時代流傳下來的民間故事。「壇之浦戰役」是造成平家徹底滅亡的一場戰爭。當時平氏家族被源氏追殺到走頭無路，不只實際參與戰爭的成年男子，就連婦孺都活生生被扔進冰冷的海裡，死前對這個世界留下無盡怨恨。如果芳一的眼睛看得見，那麼他眼中所見，大廳裡喧鬧取樂的那些人，又會是什麼樣子呢？

耳朵被擰下來的芳一

隔天，高僧叫來芳一，將真相全都告訴他，這讓芳一相當吃驚。

「師父！我該怎麼辦才好？」

「芳一，你不要擔心。你跟平家的約定還沒有完成，今天才是最後一日。只要今晚跟他們斷絕關係，就沒事了。」

高僧命令芳一脫下衣服，在他全身上下寫滿了經文。

夜晚終究到來，芳一只是不停地唸誦經文。此時似乎有人推門進來，像平常一樣低聲表示要來接芳一過去。

芳一按照高僧的吩咐，充耳不聞地專心念經。耳邊傳來武士的腳步聲及鎧甲碰撞的聲音，似乎是在尋找芳一。

原來芳一全身都寫滿經文，所以死靈武士才會看不見他。芳一閉緊了即使睜開也看不見的雙眼，捧著念珠的雙手不由得更加使勁。武士的腳步聲忽遠又忽近，儘管如此，芳一還是不停地誦經。

就在此時，原本走來走去的武士，忽然停在芳一面前。

「今天晚上芳一怎麼只剩耳朵了。」

糟了！芳一的心臟如擂鼓般加速跳動，就連他的耳朵、指尖甚至全身，都緊張得跟著心臟的節拍一起抖動。

「既然我碰不到你的身體，那你的耳朵我就帶走把，好證明我確實有遵照命令來請你去。」

死靈武士伸出雙手放在芳一的雙耳上，一口氣扯了下來。

雙耳的熱氣瞬間傳至芳一全身。誦經的芳一幾乎要慘叫出聲，卻咬緊牙關死命忍著，全身冒著冷汗。最後，終於等到武士開門並離開房間。沒多久，耳朵疼痛難耐，芳一覺得好像有什麼濕濕滑滑的順著臉頰流下，但他怕得根本不敢去摸耳朵，就這樣一路念經念到天亮。

總算撐到早上之後，高僧前來看他。

高僧打開門，只見芳一歇斯底里地不停念經。高僧趕忙來到芳一身邊，用力搖晃他。

「芳一、芳一！沒事了！你安全了！」

「師父！」

此時高僧忽然倒抽了一口涼氣。他看見芳一的臉頰上彷彿黏著一層紅色厚布，那是他的耳朵被擰下來之後所流下的鮮血，乾掉後才變成這個樣子。

「芳一！你的耳朵……怎麼會這樣呢！我居然忘記在你的耳朵上寫經文了！怎麼會這樣啊！」

高僧不禁淚流滿面，愧疚地跟芳一賠罪。

芳一總算是保住一命，但卻失去了耳朵，後來人們便喚他「無耳芳一」。據說他成為知名琵琶樂師，直到死前都不斷地彈唱那部《平家物語》。

【第6章】充滿慾望的人類

（摘自日本民間故事）

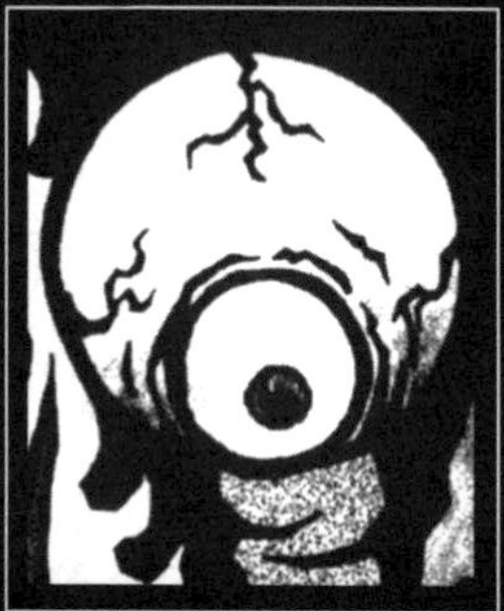

一寸法師

精明奸巧勝人數倍

心懷怨恨踏上旅程的一寸法師

很久以前某個地方，住著一對老爺爺老奶奶。兩人多年以來都想要孩子，這個願望卻一直無法實現。後來他們去住吉大社參拜，過了十個月便生下一名可愛的男嬰。可是這個孩子的身高，就只有手指一般大小而已。

「以後會慢慢長大的。」

儘管小孩體型如此，老爺爺跟老奶奶還是非常疼愛地呵護養育他，但他過了十二歲，身高卻絲毫不見長，跟出生時一樣，知道的人們便喚他「一寸法師」。

小小的一寸法師，經常被附近的孩子們欺負，大人們也都用看怪物的眼光在看他。就連老爺爺跟老奶奶都怕被人指指點點，而且就算是自己的孩子也覺得看著詭異，所以有一天，他們就把一寸法師趕出門了。

「你要不要離開咱們家呢？」

沒想到連親生父母都如此嫌棄他，讓一寸法師內心感到忿忿不平。於是他下定決心孤身前往京都，誓言要想盡辦法出人頭地，讓這些造成他怨恨的人好看。

「那麼在我走之前，給我一根針吧！我可以掛在腰間當隨身配刀。」

從此地上京必須搭船前往，因此一寸法師又跟老婆婆要了一個碗當船、一根筷子當船槳。準備就緒之後，他便頭也不回地離開了故鄉，以碗當船，朝京都前進了。

來到京都之後，一寸法師找到一間氣派的宅邸，在大門前叫喊。

「有人在嗎？有人在嗎？」

有人從宅院裡走出來，卻因為只聞其聲不見其人而覺得奇怪。

「怪了，我的確聽到有人叫門啊。」

「在這兒！在這兒！我在你腳下。你的木屐可千萬別踩到我啊！」

屋裡的人低頭一看，發現一個只有手指大的年輕人，還要求說要住在這裡，心下覺得有趣便雇用了一寸法師。

一寸法師接受雇用，負責陪伴這家的小姐。雖然小姐正值花樣年華，但一寸法師體型那麼小，主人家諒他什麼壞事也幹不出來。可是一寸法師打從第一眼見到美麗無比的小姐，就悄悄在心裡下定決心，要取這名小姐為妻。體型雖小卻聰明過人的一寸法師，很快地就哄得小姐心花怒放，非常地寵愛一寸法師。

某天晚上，小姐睡得正熟的時候，一寸法師拿出離家前向老婆婆要來的麥粉，沾了許多在小姐的嘴邊。

「我的麥粉不見了，都不見了啊！」

一寸法師在宅子裡走來走去，邊哭邊找。當宅裡的人也來幫他找時，發現小姐的嘴巴周圍竟然沾滿麥粉。

屋主人從小就讓女兒衣食無虞，沒料到女兒竟如此貪心，便憤怒地斥責她。

「居然會偷吃下人得來不易的食物，我們家沒有妳這種貪婪的女兒，給我滾出去！」

小姐的父親既憤怒又慚愧，哭著把小姐趕出家門。但他內心仍很擔心，便要一寸法師跟著她。小姐從頭到尾不明白自己為什麼會遭到如此對待，久久不能回神。一寸法師本來就一直想要跟小姐在一起，心下當然高興不已，一切都如他計畫進行。

各位所熟悉的童話故事《一寸法師》裡的男主角，應該不是會讓千金小姐蒙受不白之冤的卑鄙小人才對。

本篇所介紹的《一寸法師》是收錄在室町時代[11]的大眾文學書《御伽草子》裡的故事。來到京都的一寸法師是當時的「異類」，而且還是來路不名的「身分卑微」的人，無論如何都配不上大宅院裡的美麗大小姐。但他反過來利用自己的缺陷，用自己極小的身體當「障眼法」，誣賴小姐成為犯人。畢竟自己無法高昇到與小姐相同的身分地位，那就逆向操作，讓小姐落得跟自己同身分地位。

優先實現自己的願望

離開了大宅的一寸法師與小姐，從津之浦搭上要前往難波的船。此時狂風大作，他們的船被吹到毫無人煙且詭異的一座島上。兩人在附近打探了一下，忽然有惡鬼現身，看到

11　1336年～1573年

美麗的小姐，便一副看上獵物的樣子，舔了舔嘴唇撲了上來。

「住手！休想碰小姐一根寒毛！」

一寸法師拔出腰間的針，死命擋在公主前方。他用盡心機才搶到的小姐，怎麼可能在此輕易拱手讓人。但他實在太小了，鬼根本看不到他。

惡鬼聞聲後東張西望了一會兒，想找出說話的人，最後發現一寸法師，輕鬆地用手指把他拎起來一口吞下肚。

一寸法師落入惡鬼的胃，利用小小的身體，毫不留情地在胃裡大鬧了一場。

他用針劍到處戳刺，接著又沿著食道一口氣爬到鬼的頭部，神出鬼沒地在嘴巴、鼻子、眼睛裡鑽入鑽出，到處劈砍。這種痛楚就連惡鬼都難以忍受，他吐出一寸法師，抱著頭和肚子落荒而逃。

惡鬼逃走之後，留下了傳聞中的「萬寶槌」，據說可以實現任何願望。一寸法師發現它之後，決定將它據為己有，首先要實現自己的願望。

「讓我變高大、變高大！」

一寸法師對著槌子唸唸有詞，只見他的身高越來越高，終於變成一個身形正常的帥氣年輕人。

修正了自己唯一的缺陷之後，一寸法師接著又變出金銀財寶等各種想得到的寶物。得到財富與身高的一寸法師迎娶了美麗的小姐，終於達成了夙願。

自始至終一直像個小英雄被傳頌的一寸法師，其實是完全與堂堂正正沾不上邊的人。即使他很聰明，但用上的都是「狡獪」的心機，是個凡事不擇手段也要得手的謀士。一寸法師能夠長高，並不是小姐替他揮幾下萬寶槌的結果。他在小姐怕得動彈不得時，就已經自行拿起萬寶槌自己許願了。

一寸法師變得一表人才，也獲得龐大財富，但從此以後，小姐會真心愛上他，能與他過著幸福快樂的日子嗎？

剪舌雀

故事裡全是髒東西

獲得寶物的老爺爺

很久以前，有一對老爺爺與老奶奶住在一起。

老爺爺在山上捕到一隻小麻雀，便一直加以疼愛。老婆婆則因為老爺爺對麻雀太寶貝，內心便逐漸憎恨起那隻麻雀。

某一天，老婆婆為了要貼好紙門，便準備了一些糨糊。她準備好之後就隨手放著，先出門去河邊洗衣服。老婆婆出門後，肚子餓的麻雀就把那些糨糊全吃光了。

老婆婆一回到家，發現糨糊都沒了，便去質問小麻雀。

「小麻雀、小麻雀，是你把糨糊吃了嗎？」

「是隔壁的貓吃掉的。」

小麻雀雖然裝傻，但他的嘴邊卻黏著糨糊。老婆婆見麻雀如此說謊不打草稿，對他更是憎恨不已。

「你明明就吃了糨糊還說謊，我饒不了你！」

老婆婆拿起裁布剪刀，撬開麻雀的嘴巴，剪下牠的舌頭，把牠趕出門了。

傍晚爺爺做完工作回到家之後，沒看到總是出來迎接的小麻雀。

於是他向老婆婆問清前因後果。

「妳這麼做太狠心了！」

老爺爺說完，便趕忙出門尋找小麻雀。

「這孩子去哪裡了呢？」

老爺爺在家門前仔細一看，發現路上沿途都有小小的紅色斑點。

「這是小麻雀嘴巴裡所流的血。跟著血跡一定找得到他。」

可是這些血跡到了半途就中斷，之後也遍尋不著。老爺爺正好看到有人在一旁洗馬匹，便問洗馬的人說：

「洗馬兄，洗馬兄，你有看到小麻雀往哪去了嗎？」

「等你喝完這七大杯馬血，我就告訴你。」

老爺爺為了可愛的小麻雀，願意硬著頭皮喝掉。血腥的臭味在他的嘴裡漫開來。

老爺爺全部喝完之後，洗馬人便說：

「他往那邊去了，之後的去向你要問洗牛兄。」

順著洗馬人所指的方向，老爺爺一步步地往前尋找，這時來到正在洗牛的洗牛人面前。

老爺爺開口便問。

「洗牛兄，洗牛兄，你有看到小麻雀往哪去了嗎？」

「等你喝完這三杯牛尿，我就告訴你。」

老爺爺望向杯子，發現杯裡有淺棕色混濁的液體搖曳著。才剛接出來還熱呼呼的牛尿裡，好像還混了一點糞便。為了可愛的小麻雀，老爺爺還是硬著頭皮一飲而盡。黏膩的牛糞沾在舌頭上，又順著滑過喉嚨，老爺爺還是勉強地喝掉了。

洗牛人說：

「他往那邊去了，之後的去向你要問剪薔薇老兄。」

順著洗牛人所指的方向，老爺爺一步步地往前尋找，這時來到正在剪薔薇的剪薔薇老兄面前。老爺爺開口問他：

「剪薔薇老兄，剪薔薇老兄，你有看到小麻雀往哪去了嗎？」

「等你脫光衣服在這個薔薇叢裡滾七圈，我就告訴你。」

老爺爺強忍著薔薇棘刺進身體的痛楚，總算滾完七圈。他全身布滿了薔薇刺，活像是薔薇的莖。老爺爺把身上的刺一根根拔下來，鮮血也隨之一滴滴落下。

「前面有個竹叢，他就在竹叢內的屋子裡。」

老爺爺按照他的指示前往，發現竹叢裡有個小小的屋子。

咚喀啦登、咚喀啦登……

屋裡傳來織布機的聲音。老爺爺從窗外往裡面望去，只見小麻雀正在織布。

「總算見到你了，小麻雀啊。幸好你平安無事！」

小麻雀看見老爺爺，也顯得非常高興。牠拿美食招待老爺爺，還唱歌跳舞給老爺爺看，款待得非常殷勤。老爺爺玩得盡興之後，便向小麻雀辭行。

「小麻雀啊！天就快黑了，我得回去了。」

小麻雀掩不住依依不捨的心情，問道：

「我是很希望您一直留下來，但畢竟不可能。這樣好了，爺爺，我送您禮物。這裡有一口大竹箱跟一口小竹箱，您要哪一個呢？」

老爺爺想了想便說：

「我年紀這麼大，箱子太重我搬不動，輕的那口就好了。」

說完老爺爺便帶著輕的那口竹箱回家了。

他回到家打開竹箱的蓋子，發現裡面竟然塞滿了大小不一的金幣，還有米、華服等寶物。聽了老爺爺說完前因後果，貪心的老奶奶不禁覺得惋惜。

「你怎麼不拿大箱的呢？既然如此由我去，這次把大箱的拿回來。」

故事讀到這裡，應該有不少人覺得非常噁心想吐吧？原本的《剪舌雀》故事，就出現不少相當噁心汙穢的場景。那些都是現代人不太想看，頗為饒富興味的橋段。

此外，也請留意小麻雀出乎意料有點奸巧的真面目，繼續看下去吧！

小麻雀的小小報復

貪心的老婆婆也不管已經天黑，立刻動身前往。她來到小麻雀住的房子，沒想到小麻雀也盛情地招待了老婆婆。只是放米飯的板子，是從廁所取下來的，筷子則是用大完號之後擦屁股用的木棒。被蒙在鼓裡的老婆婆，用完餐還意猶未盡地把筷子舔乾淨。

等到飯都吃飽了之後，老婆婆便對小麻雀說：

「唱歌跳舞之類的飯後餘興，我都不看。你把大竹箱送我，我要馬上回去了。」

小麻雀乖乖地把竹箱拿出來給她，但別有深意地對她說：

「婆婆，不管發生什麼事，在您到家之前都別打開箱子哦！」

婆婆不耐煩地對他擺了擺手，表示自己知道了，之後也不道謝便離開了麻雀的家。可是大的竹箱重得幾乎壓垮她，老婆婆既疲累，又很在意箱子裡的東西，終於忍不住打開蓋子。

這時從箱子裡冒出來的，是獨眼或三眼妖怪。這些妖怪朝著已經嚇到腿軟的老婆婆飛去，貪婪地從頭到腳把她吃個精光。

棄姥山

總有一天輪到自己

等我要丟棄老爸時……

從前有個地方因為鬧飢荒，人們的糧食相當稀少。這個地方的城主為了減少吃飯的人口，便下令人民「把家中超過六十歲的老人丟棄山裡」。

有個男人也住在這個地方，男人的父親早逝，他與年邁的母親同住。母親獨自一人把男子養大，他成長過程也知道母親付出的辛勞。如今自己已經娶妻生子，便希望母親能稍微休息下來，享點清福。

即使他們生活清貧，但至少男子的願望總算一步步實現。城主卻在這時候發出這樣的公告。男子一開始堅決反對，但這是城主的命令。

一旦違抗命令，不只男人一家子，就連左鄰右舍都會連帶遭到嚴厲的懲罰。因為當時有個名為「鄰組」的連帶責任制度，避免人民違反城主的命令。

「拋棄老母親這種事，我無論如何都做不到，可是如果違抗城主命令，就會連左鄰右舍都被抓去砍頭。唉，我該如何是好呢？」

男子每天為此苦惱，唉聲嘆氣。年邁的母親明白兒子的煩惱，某天便對他說：

「把我帶到山上去吧！這是城主的命令，違背了可會惹禍上身。」母親長滿皺紋的嘴角揚起溫和的微笑。男子即使聽到母親這麼說，仍是下不了決心。

「母親明明就還很硬朗，手腳比起年輕人還要更靈活，要我拋棄這麼有精神的您，我就是做不到啊！」

母親聽完，便拿起放在一旁的鐮刀，迅速砍下自己的右腳。

「這麼一來，我就沒辦法幹活了。帶我去山裡吧！」

母親都已經如此強勢要求，男子仍猶豫不決，母親一邊逗著來討抱的小孫子，進一步地勸他：

「你不帶我上山，這孩子就會被殺。與其面對這種事，我還不如到山上去清靜些。」用年幼的孩子當理由，男子也不得不果斷了。

男子一邊哭著一邊替母親滿是鮮血的腳包紮好之後，把母親裝在竹筐裡，背著送上山。為了想多做一點，他在竹筐裡盡可能塞了許多食物跟被子。而且由於捨不得母親，希望她能一路開心點，也帶著幼子一起出發。

上山的道路兩旁都是楓葉跟銀杏等，紅黃等顏色斑斕交織，彷彿祖孫三人只是出外郊遊而已。年幼的兒子因為山中的美景及比平常還多的飯糰而開心不已，一路上都非常雀躍歡欣。母親瞇起雙眼，用慈愛的表情望著活潑的孫子。路途也變得十分熱鬧。

可是在男人的眼中，換季時值得欣賞的山巒美景，有如預告寒冬即將來臨的不幸前兆。兒子活潑的聲音，聽起來卻比慶典過後的寂靜更讓人難受。他的雙腿跟心都像是灌了鉛塊一樣，沉重不已。

「母親，到這裡就可以了吧？」

男人難以承受這份心情，途中好幾次都這麼問。明明知道這樣做只是讓自己好過點，但他希望至少把母親放在離村子近一點的地方。可是每次他問了之後，母親便答：

「不好，你再往山裡走遠點。」

不知翻過了幾個山頭之後，母親終於開口了。

「好，到這裡就行了。離村子這麼遠，靠我的腳也走不回村子。你們趁天黑之前回去吧，這一路辛苦你了。」

男子依言放下背上的母親。

「母親，就此別過。請您一定要保重。」

正當男人要自己別再婆婆媽媽，決心下山之際，忽然又猶豫了一會兒。

「送母親上山的這個竹筐該怎麼辦？要留著還是帶回去呢？」

男子正拿不定主意時，跟著上山的幼子天真無邪地朝男人笑了。

「爸爸，這要帶回去啊。等爸爸年紀大了，我也要用它背你上山扔棄哦！」兒子所說的話，就像一記重拳打在男子的腦門上。他也因此才明白，這麼做對父母親而言是多麼殘酷的事。

「母親，我真是大錯特錯！就算那是城主的命令，我也不該拋棄生我養我的雙親啊……」

男人再度背起母親，啟程踏上來時的山路。太陽照在男子的臉上，眼淚卻不停地沿著臉頰落下。男人一路上只能埋頭前進，不讓母親看到他哭泣的模樣。

「捨姥」的故事有非常多版本。

男主角不忍拋棄母親，在地板下做一個密室讓母親住進去，這是靠著老年人的智慧解決城主給予的難題。城主最後知道這是老人想出來的解決方法，明白年長者的智慧大有用處，便廢止了拋棄老人的制度。

至於「捨姥」中有少數的版本，則不是起因於城主命令，而是妻子討厭婆婆而展開故事。這樣的故事中，妻子逼丈夫把婆婆扔到山中小屋裡，再去放火燒屋。婆婆逃脫之後，也是仰賴年長者的智慧從惡鬼手上奪取萬寶槌，過著安逸的生活。妻子知情後也想如法炮製，但畢竟累積的智慧不足，最後就被燒死了。

抓雁的老爺爺

遭誤認為雁而被煮來吃的老爺爺

著名的《開花爺爺》內容是讓枯樹開花的故事，這種耐人尋味的類似傳說其實還不少，本篇就要介紹其中一則。《開花爺爺》中也曾登場過的四個角色裡，那位貪心婆婆特別值得玩味。

殺了愛犬的鄰居爺爺

很久很久以前的某個地方，一對善良的爺爺奶奶和一對貪心的爺爺奶奶比鄰而居。有一天，兩個老爺爺一起出門去河邊捕魚。善良爺爺的網子捕到很多魚，但貪心爺爺的網子裡只有一堆樹根。貪心爺爺非常生氣，拿起網子裡的樹根扔進善良爺爺的網子裡，害得善良爺爺的漁網破掉，好不容易捕到的魚也都逃走了。善良爺爺卻沒有跟他計較。

「把這樹根曬乾，可以當柴燒。」

善良爺爺笑瞇瞇地說著，把那塊樹根撿了起來。

當天善良爺爺回到家，用斧頭劈開那塊樹根時，樹根裡跳出一隻小狗。

「哎呀，真是隻可愛的小狗呢。」

善良的爺爺奶奶收留了小狗，悉心疼愛養育牠。小狗吃得很好，也就越長越大。等到狗兒長得像小熊一樣大時，某天便對老爺爺說：

「爺爺、爺爺，我們上山去抓鹿吧！」

於是爺爺準備好板斧和鎚子，捆在狗兒背上就出發了。狗兒跟著爺爺一進入山裡，便開始如唱歌一般地吠叫。這時神奇的事發生了，一堆鹿從山裡各個地方冒出來，全都聚集到爺爺面前。所有的鹿露出猶如在作夢的眼神，就算爺爺靠近牠們，也沒有逃跑的意思。

「我不忍心抓太小的鹿，抓這一隻大的回去就夠了。」

爺爺用鎚子敲打最大那頭鹿的頭頂，鹿便應聲倒地。回程時也是狗兒幫忙背那頭鹿，跟著爺爺離開了山裡。爺爺回家後支解了鹿，讓奶奶熬了鹿肉湯。這天爺爺奶奶與狗兒，都盡情地享受了一頓豪華晚餐。這時隔壁的貪心婆婆正好上門來借火種，聞到香噴噴的鹿肉湯，讓貪心婆婆雙眼發亮。

體貼的老夫婦便邀請了貪心婆婆一起來喝鹿肉湯。

「哦，好吃！真是好吃！不過，你們哪來這麼多鹿肉？」

兩人一五一十地把緣由告訴隔壁婆婆。

「既然如此，你們把那隻狗借我家一天吧！」

夫婦倆很爽快地答應了。在聊天的時候，隔壁婆婆舀湯的手也不曾停下，最後只留下一兩塊芋頭才停筷。

「剩下的讓我拿回去給家裡的老爺子。」

這時善良婆婆便說。

「妳吃完沒關係，我另外再裝一些給妳帶回去。」

貪心婆婆拿了要帶回家的份，但在進家門之前，就把最好吃的料全都吃掉，只留了一點菜渣跟菜心讓貪心爺爺吃。

隔天，貪心婆婆要求自家的爺爺，帶著借來的狗一起去山裡抓鹿。狗兒明明什麼都沒說，但貪心爺爺卻擅自把板斧和鎚子捆在狗兒背上，連自己也騎了上去，就往山裡出發了。來到山裡，狗兒就如他們所聽說的那樣，開始如唱歌般吠叫。

等了好一會兒，一團團黑色的影子，從四面八方的天空逐漸接近他們。

「哎唷，原來鹿會在天上飛啊！」

貪心爺爺儘管疑惑，卻還是很興奮地搓著手等待。然而覆蓋了整片天空的並不是鹿，而是一大群蜂。貪心爺爺被包圍，變成黑色人型的「蜂柱」。這個「蜂柱」不停地扭動身體，活像跳舞一般。無論貪心爺爺怎麼驅趕，蜂仍是前仆後繼地來螫他，讓貪心爺爺全身又痛又癢。

等貪心爺爺全身紅腫不堪之後，大批的蜂群這才拍著翅膀飛走。貪心爺爺怒不可遏，抄起打算用來抓鹿的鎚子，用力朝著狗的腦袋砸下去。狗兒應聲倒地之後，貪心爺爺仍不罷休，不停地敲打已經無力反抗的狗兒。狗頭骨碎裂的鈍重感透過鎚子傳到手中，貪心爺爺打到手麻了，才在地上挖了個坑，把狗屍體踢進坑裡，用土掩埋起來，再拿一根樹枝插在土堆上。結束後，他便邊搔著疼痛的身體回家了。

善良爺爺與奶奶因為借出去的狗一直沒有回來，便上門來討。

「那麼可惡的狗，早被我殺了。」

整張臉紅紫腫脹的貪心爺爺，不當一回事地回答他們。善良爺爺大驚失色，隔天立刻前往埋狗的地方。只見那根樹枝經過一晚便長得很高大，善良爺爺摘了一段樹枝帶回家，好用來憑弔愛犬。神奇的是，被供在客廳裡的樹枝，落下了許多金幣、白米或魚等糧食。兩夫妻雙手合十感念愛犬，又吃了一頓美味的晚餐。這天，隔壁婆婆又正巧來借火種。

「奇怪，你們家的狗沒了，怎麼還有這麼多食物呢？」

善良的兩人再度毫不隱瞞全盤托出，而且還在隔壁婆婆的要求之下，答應把樹枝借給他們。貪心婆婆這次一樣把飯菜都吃光，也外帶了一堆菜回家。而且又在貪心爺爺看到之前，就把全部的好料都吃完了。

這對貪婪的老夫妻很快地把樹枝供在客廳裡，但樹枝變出來的盡是牛糞與馬糞等臭氣熏天的穢物……把整個屋子搞得髒亂不堪。老夫婦盛怒之下，把樹枝直接丟進地爐，燒成了灰燼。

這則《抓雁的老爺爺》故事，在貪心爺爺與貪心婆婆兩人之間，婆婆貪婪的嘴臉尤其引人注目。貪心婆婆面對鄰居時，雖然會與自家的老爺站在同一陣線，但回到家裡卻連老爺都能欺騙甚至利用，來為自己謀得好處。貪心爺爺雖然也不是什麼好人，但與貪心婆婆一比，還比較像是抽到下下籤的倒楣鬼。這一點在後半段的故事中尤為明顯，就讓我們繼續看下去……

貪心婆婆所吃的東西

樹枝被借出去幾天之後，鄰居一點兒都沒有打算歸還的跡象，善良爺爺等不下去，便又上門追討。

「那種爛樹枝，早就被我給燒了！」

貪心爺爺果然這麼回答。善良爺爺莫可奈何地把樹枝灰燼收拾起來帶回家，想說好歹可以給田地施肥。但當他看到天空上有大雁飛過，忽然心生一計。善良爺爺立刻拿了這些灰爬到屋頂上。

「飄進大雁的眼睛裡，去吧！」

善良爺爺嘴裡喃喃唸著，並將灰燼灑向天空。這些灰飄進大雁的眼睛，大雁在亂拍翅膀後墜落地面。善良奶奶把這隻雁熬成湯，兩人正在大快朵頤這鍋湯時，隔壁的貪心婆婆又來借火種。

「你們家連樹枝都沒了，怎麼能喝到大雁湯呢？」

善良夫妻便一五一十地說出來龍去脈。貪心婆婆當然痛快地吃光了大雁湯，而且還因為太好吃，連外帶回家的份都吃掉太多，於是為了多添點料蒙混過去，還特地跑到馬廄摻了些馬糞。儘管如此，貪心爺爺還是津津有味地直呼好吃。

隔天，貪心婆婆催促貪心爺爺把討來的灰拿去灑。可是那些灰沒有灑到大雁的眼睛，而是飛進了貪心爺爺的眼裡。貪心爺爺一時看不見，就失足墜地……

在屋子下方焦急等待大雁掉下來的貪心婆婆，同樣被灰矇了眼。這時聽到東西重重落地的聲音，以為是大雁掉下來，顧不得先去把眼睛洗乾淨，便性急地瞎著雙眼伸手去抓，掐住掉下來的「大雁」的脖子，不假思索拿刀就砍。接著把肉切一切扔近大鍋子裡，直到整鍋湯熬好。

這鍋湯煮好時，散發著難以言喻的味道。貪心婆婆疑惑為何爺爺遲遲沒有從屋頂上下來。不過想想這樣正好，自己才能在分他吃之前多吃一點。

於是她便自己先開動，而且一碗接一碗地喝著湯，不知道吃到第幾碗時，莫名吃到一口怎麼咬都咬不斷，口感軟爛且奇怪的東西。貪心婆婆只好把肉片吐在碗裡。

「好奇怪的肉啊，到底是什麼？」

貪心婆婆仔細地瞧著，發現上面好像有漩渦狀的紋路。

「真是，大雁的耳朵都這麼熱呼呼的啊。」

婆婆嘴裡喃喃唸著，這時忽然驚覺道：

「這、這不就是老爺的耳朵嗎！」

沒錯，貪心婆婆再怎麼驚慌失措，貪心爺爺也不會回來。畢竟他已經成為一鍋湯了。

紅飯飯

貧窮造成的悲劇

被開膛剖腹的孩子

從前，有一戶有錢人家與一戶窮人家比鄰而居。有錢人家蓋了好幾間很大的倉庫，裡面塞滿了一袋袋的米與豆子等糧食。可是窮人家卻住在比有錢人的倉庫還小的破落房子裡，每天都在煩惱下一餐的著落。

某天，有錢人家的倉庫，有一小把的紅豆遭竊。裝豆子的袋子一角被戳破，裡面的紅豆散落一地。有錢人面色凝重地說：

「我一定要把小偷逮住，抓他去官府。」

說著他便來到隔壁的窮人家裡，他武斷地認定隔壁的窮人就是小偷。

窮人家的門前，有個髒兮兮的小孩子正獨自玩耍。有錢人便裝出和善的聲音問他：

「孩子，你晚上吃了什麼飯飯呢？」

「我吃了紅飯飯。」

有錢人微微一笑，默默地推開窮人家的門，揪著窮人的衣領把他拖出門，打算在村人面前公審他。窮人不知道發生什麼事，莫名地被如此粗暴對待。正在屋外玩耍的窮人小孩，見狀也驚嚇不已。

「爸爸！爸爸！」

小孩邁開細瘦乾扁的雙腳，跌跌撞撞地追著父親而去。

村民們紛紛出來看是怎麼回事，有錢人便把這對父子往前一推。

「孩子，你跟大家說，你晚飯吃了什麼？」

小孩嚇得不停眨眼。

「紅色的飯飯。」

只見有錢人誇張地高舉雙手說道：

「各位，你們聽見了。我家的紅豆傍晚被偷，然後這個連白飯都吃不起的窮人，晚餐竟然可以吃紅飯。這個男人正是卑劣的小偷。」

窮人聞言大吃一驚。

「你胡說！我再怎麼窮，也沒有無恥到會偷拿別人的東西！」

村民們面面相覷，不知道該如何評斷才好。有錢人則越來越咄咄逼人。

「那你說，你兒子承認他吃的紅飯飯究竟是什麼？如果你沒偷，就得拿出證據來。」

有錢人認為自己是有理的一方，完全得理不饒人。

村民們靜靜地等著看窮人怎麼回答，好幾雙盯著窮人看的眼睛，都透露著懷疑。窮人這時被刺激得沖昏頭，覺得再這樣下去，自己這輩子都要被當成小偷了。

「既然如此，我現在就證明給你看我根本沒偷！」

窮人大吼，緩緩抱起死命抓著他衣角的孩子，拿起近處的鐮刀，忽然就戳進孩子的肚子裡。鐮刀迅速沒入孩子消瘦平坦的腹部，刀尖更從背部穿出。窮人單手使勁拉下鐮刀，剖開了孩子的肚子。在場所有村民見狀大氣都不敢喘一聲，孩子的粗布衣裳也漸漸地染紅。

男子伸手探進兒子敞開的肚子裡，拿出胃袋遞向有錢人。那是一個非常非常小的胃，平日可能不常能夠飽餐。有錢人驚嚇不已，不禁退了一步。窮人則用力地捏緊手掌心裡的胃袋，只見有個血淋淋的小東西，從胃袋一角掉了下來。那是一隻非常小的紅色青蛙。那是晚餐沒有著落的窮人，給兒子吃了在河邊抓到的紅色青蛙。

村民們見狀不禁發出嗚咽聲。

結了新米的稻穗隨風搖曳，那聲音乘著風陣陣傳來。殺了自己孩子的窮人，眼神游移不定，張大嘴巴愣愣地站在原地，久久不能自己。

全日本各地都有類似的故事。依照地區不同，有時青蛙也會換成蝦子或稗草。無論如何，都可以窺見當時貧農生活的悲哀。然而這個窮人為了證明自己的清白，為何非得做到這種地步呢？

與現代社會不同，古代農村的人們之間關係密切，被村民排擠就很難生存下去。務農時，也要全村村民彼此幫忙。更何況沒有土地的窮苦百姓，如果每個地方的工作都不讓他幫忙，就無法維持生活。被村民排擠在日文中又叫「村八分」，就是當時出現的詞彙。所以村八分並不只是精神上的折磨，更攸關能否活命的問題。

●参考文獻

《日本昔話大成》関敬吾編／角川書店
《日本昔話名彙》柳田國男監修／日本放送出版協会
《日本伝説大系》荒木・野村・福田・宮田・渡辺編／みずうみ書房
《日本児童文学大系》福田清人他編／ほるぷ出版
《日本昔話事典》稲田・大島・川端・福田・三原編／弘文堂
《いまは昔　むかしは今2　天の橋地の橋》／福音館書店
《いまは昔　むかしは今3　鳥獣戯語》／福音館書店
《日本の昔ばなし（Ⅰ）～（Ⅲ）》関敬吾編／岩波文庫
《生きている民話》湯山厚著／新少年少女教養文庫
《日本昔話百選》稲田浩二・稲田和子／三省堂
《日本昔ばなし１００話》日本民話の会編／国土社
《昔話の源流》稲田浩二／三弥井書店
《ガイドブック　日本の民話》日本民話の会編／講談社
《日本の世間話》野村純一／東書選書
《村落伝承論―〈遠野物語〉から》三浦佑之／五柳書院
《浦島太郎の文学史―恋愛小説の発生》三浦佑之／五柳書院
《昔話にみる悪と欲望―継子・少年英雄・隣のじい》三浦佑之／新曜社
《万葉びとの「家族」誌》三浦佑之／講談社
《柳田国男事典》三浦佑之・野村純一・宮田登・吉川祐子と共編／勉誠社
《昔ばなしとは何か》小澤俊夫／大和書房
《昔話のコスモロジー》小澤俊夫／講談社学術文庫
《昔話の民俗学》桜井徳太郎／講談社学術文庫

《昔話の変容—異形異類話の生成と伝播》服部邦夫／青弓社
《御伽草子の精神史》島内景二／ぺりかん社
《処刑・拷問具大全》村野薫／同文書院
《栃木県の民話》日本児童文学者協会編／偕成社
《日本のざんこく話》西本鶏介編著／偕成社
《日本のこわい話》須知徳平解説、桜井徳太郎／偕成社
《日本の恐ろしい話》須知徳平編著／偕成社
《日本の悲しい話》宮脇紀雄解説桜井徳太郎／偕成社
《山口県の民話》日本児童文学者協会編／偕成社
《今昔物語集　本朝世俗部（二）（四）》武石彰夫訳注／旺文社文庫
《古典新釈シリーズ　宇治拾遺物語・沙石集》梁瀬一雄監修、安田孝子著／中道館
《古典新釈シリーズ今昔物語》梁瀬一雄監修、黒部通善著／中道館
《雨月物語》大輪靖宏訳注／旺文社文庫
《御伽草子（上）（下）》市古貞次校注／岩波文庫
《柳田國男全集4》／ちくま文庫
《お伽草子》太宰治／新潮文庫
《少年少女世界の文学1ギリシア神話　イソップ物語　北欧神話》福原麟太郎・山室静訳／河出書房
《イソップ寓話集》山本光雄／岩波文庫
《グリム童話集》金田鬼一訳／岩波文庫〈改訳〉
《ペロー童話集》新倉朗子訳／岩波文庫
《初版グリム童話集1〜3》吉原高志・吉原素子訳／白水社
《グリム童話集3》池内紀訳／新書館
《グリム童話—子どもに聞かせてよいか?》野村泫／ちくま学芸文庫
《グリムの昔話と文学》野村泫／ちくま学芸文庫

《メルヘンの深層―歴史が解く童話の謎》森義信／講談社現代新書
《グリム童話―メルヘンの深層》鈴木晶／講談社現代新書
《昔話の解釈》マックス・リューティ・野村泫訳／ちくま学芸文庫
《昔話の本質》マックス・リューティ・野村泫訳／ちくま学芸文庫
《だれが、いばら姫を起こしたのか》I・フェッチャー、丘沢静也訳／ちくま文庫
《歴史を変えた病》フルデリック・F・カートライト、倉俣トーマス旭・小林武夫訳／法政大学出版局
《ハーメルンの笛吹き男》阿部謹也／ちくま文庫
《生贄と人柱の民俗学》礫川金次編／批評社
《歴史読本ワールド　世界の女王たち―歴史を変えた女たちのドラマ》新人物往来社
《別冊歴史読本　世界王室スキャンダル》新人物往来社
《美しき拷問の本》桐生操／角川ホラー文庫
《中世を生きた人びと》横井清／福武文庫
《東山文化―その背景と基層》横井清／平凡社ライブラリー
《イギリス童話集》あかね書房
《イギリスとアイルランドの昔話》あかね書房
《アンデルセン童話の深層―作品と生いたちの分析》森省二／ちくま学芸文庫
《少年少女世界の文学23　アンデルセン童話集》平林広人・山室静訳／河出書房
《アンデルセンの生涯》山室静／現代教養文庫
《岩波世界児童文学全集12　アンデルセン童話選》大畑末吉訳／岩波書店
《眠り姫》ペロー、庭野延子訳／西村書店
《完全自殺マニュアル》鶴見済／太田出版

※參考文獻皆刊登日文原文書名及日本出版社，由於部分譯本不易追查是否有繁體中文版本，故不特意將參考文獻譯成中文，敬請見諒。

國家圖書館出版品預行編目資料 CIP

世界血色童話：墮落沉淪的禁斷物語／櫻澤麻衣作；
鍾明秀譯 . -- 初版 . -- 新北市：大風文創 , 2020.07

面；公分 . --（Mystery；33）
譯自：本当は怖い世界の童話
ISBN 978-957-2077-97-9（平裝）

1. 童話 2. 文學評論

815.92 109006672

Mystery 033

世界血色童話：墮落沉淪的禁斷物語

作者／櫻澤麻衣
監修／三浦佑之
譯者／鍾明秀
主編／林巧玲
編輯企劃／大風文化
封面設計／比比司設計工作室
內頁排版／陳琬綾
發行人／張英利
出版者／大風文創股份有限公司
電話／ (02)2218-0701
傳真／ (02)2218-0704
網址／ http://windwind.com.tw
E-Mail ／ rphsale@gmail.com
Facebook ／ http://www.facebook.com/windwindinternational
地址／ 231 台灣新北市新店區中正路 499 號 4 樓

台灣地區總經銷／聯合發行股份有限公司
電話／（02）2917-8022
傳真／（02）2915-6276
地址／ 231 新北市新店區寶橋路 235 巷 6 弄 6 號 2 樓

香港地區總經銷／豐達出版發行有限公司
電話／ (852)2172-6513
傳真／ (852)2172-4355
地址／香港柴灣永泰道 70 號 柴灣工業城 2 期 1805 室

ISBN ／ 978-957-2077-97-9
初版一刷／ 2020 年 07 月
定價／新台幣 350 元

Mystery

LUNA SEA